Canan Tan, Ankara'da doğdu. Ankara Üniversitesi Eczacılık Fakültesi mezunu. *Yeni Asır* (İzmir) gazetesinde köşe yazarlığı yaptı. *Milliyet Pazar*'da güncel olayları esprili bir dille yorumlayan yazıları yayımlandı. *Mimoza* dergisinde *Çuvaldız*, *Kazete* adlı kadın gazetesinde Kazete-Mazete adlı köşelerde yazılar yazdı. Yazarın öykü, roman, mizah ve çocuk edebiyatı çerçevesinde çok sayıda kitabı ve senaryo çalışmaları vardır.

Yapıtları

Roman: *Piraye, Eroinle Dans, Yüreğim Seni Çok Sevdi, En Son Yürekler Ölür, İz, Issız Erkekler Korosu, Hasret, Pembe ve Yusuf, Kelepçe*

Öykü: *Çikolata Kaplı Hüzünler, Söylenmemiş Şarkılar, Aşkın Sanal Halleri*

Mizah Öyküleri: *İster Mor, İster Mavi, Sol Ayağımın Başparmağı, Türkiye Benimle Gurur Duyuyor, Oğlum Nasıl Fenerbahçeli Oldu, Fanatik Galatasaraylı, Beşiktaş'ım Sen Çok Yaşa, Ah Benim Karım Ah Benim Kocam*

Gençlik Romanı: *Yolum Düştü Amerika'ya*

Çocuk Romanları: *Sokaklardan Bir Ali, Beyaz Evin Gizemi, Sevgi Dolu Bir Yürek, Ah Şu Uzaylılar, Uzay Kampı Maceraları, Uzaylılar Aramızda*

Çocuk Öyküleri: *Sevgi Yolu, Arkadaşım Pasta Panda, Sokakların Prensesi Şima, Aliş ile Maviş* dizisi

Ödülleri

- *Hürriyet* (Kelebek) gazetesinin Senaryo Yarışması'nda Birincilik Ödülü / 1979 (*Oğlum* adlı eser, fotoroman olarak çekildi.)
- 1. Ulusal Nasrettin Hoca Gülmece Yarışması'nda 1. Mansiyon / 1988
- Aziz Nesin Gülmece Öykü Yarışması'nda basılmaya değer görülen *İster Mor, İster Mavi* adlı kitabıyla, Türkiye'de mizah öyküleri kitabı olan ilk ve tek kadın yazar unvanı / 1996
- BU Yayınevi Çocuk Öyküleri Ödülü, *Sevgi Yolu* / 1997
- Rıfat Ilgaz Gülmece Öykü Yarışması'nda Birincilik Ödülü, *Sol Ayağımın Başparmağı* / 1997
- İzmir Büyükşehir Belediyesi Çocuk Romanları Ödülü, *Sokaklardan Bir Ali* / 1997
- 10. Orhon Murat Arıburnu Ödülleri'nde *Akrep* adlı öyküsüyle, Uzun Metrajlı Film Öyküsü dalında Birincilik Ödülü / 1999
- Türk Kütüphaneciler Derneği'nden, Türkiye'deki bütün kütüphaneler bazında, En Çok Okunan Yazar Ödülü / 2010
- *Piraye* romanıyla, İstanbul Kültür Üniversitesi'nden Yılın Kitabı Ödülü / 2012
- Samsun 19 Mayıs Üniversitesi'nden En İyi Yazar Ödülü / 2013
- İstanbul Yıldız Teknik Üniversitesi'nden Yılın En Beğenilen Yazarı Ödülü / 2014

Kelepçe

DOĞAN KİTAP TARAFINDAN
YAYIMLANAN DİĞER KİTAPLARI

İster Mor, İster Mavi
Sol Ayağımın Baş Parmağı
Çikolata Kaplı Hüzünler
Piraye
Türkiye Benimle Gurur Duyuyor
Söylenmemiş Şarkılar
Yüreğim Seni Çok Sevdi
En Son Yürekler Ölür
Eroinle Dans
Aşkın Sanal Halleri
Issız Erkekler Korosu
İz
Hasret
Pembe ve Yusuf
Ah Benim Karım Ah Benim Kocam

KELEPÇE

Yazan: Canan Tan

1. baskı / Nisan 2016 / ISBN 978-605-09-3356-7
Sertifika no: 11940

Kapak tasarımı: Erbil Kargı
Baskı: Mega Basım Yayın San. ve Tic. A.Ş.
Cihangir Mah. Güvercin Cad. No: 3/1
Baha İş Merkezi A Blok Kat: 2
34310 Haramidere-İstanbul
Tel. (212) 412 17 00
Sertifika no: 12026

Doğan Egmont Yayıncılık ve Yapımcılık Tic. A.Ş.
19 Mayıs Cad. Golden Plaza No. 1 Kat 10, 34360 Şişli - İSTANBUL
Tel. (212) 373 77 00 / Faks (212) 355 83 16
www.dogankitap.com.tr / editor@dogankitap.com.tr / satis@dogankitap.com.tr

Kelepçe

Canan Tan

DK DOĞAN KİTAP

... öyle bir yere geldik ki
hiçbir sokağın adı yok

Cemal Süreya

Parmaklıklar ardındaki kadınlar

Türkiye'deki kadın suçluluk oranı, yüzde 3.

Erkeklerle kıyaslanırsa, çok düşük bir oran!

Ne anlama geliyor bu: 97 erkeğe karşı 3 kadın suçlu.

Kadınların en çok işlediği suç ise yüzde 71 oranıyla cinayet!

Ancak buradaki oran da son derece dengesiz: Ülkemizdeki cinayet faillerinin yüzde 95'i erkek, yüzde 5'i kadın.

Çünkü erkekler, "töre cinayeti" diyor öldürüyor, "namusumu temizlemem gerek" diyor öldürüyor, "kafam kızdı" diyor öldürüyor, "gözünün üstünde kaşın var" diyor öldürüyor.

Kadınsa, genellikle bıçak kemiğe dayanmadan cinayet işlemiyor.

Erkekler kadınları planlı bir şekilde öldürürken, kadınlar önceden planlamıyor cinayeti. Şiddete maruz kalma, yoğun öfke ve birikimler başlangıç noktası oluyor.

Oranlar ne olursa olsun, yasalar karşısında ve vicdanen, işlenen suçun cinsiyeti yok!

Günümüzde kadınlar da, her türlü suça bulaşabiliyor. Hırsızlık, yaralama, dolandırıcılık, gasp, uyuşturucu ticaret ve tabii cinayet!

Bunlardan herhangi biri, kadınların narin bileklerine kelepçe geçirilmesine yetiyor!

"Dışardakiler çok mu masum?" diye soruyor kelepçeliler.

Elbette değil!

Şarkısı bile var:

Eller günahkâr
Diller günahkâr
Bir çağ yangını bu
Bütün dünya günahkâr
Masum değiliz hiçbirimiz![1]

1. Söz: Meral Okay- Sezen Aksu.

Mimoza

Filmi başa sarsam...
O birkaç saniyeyi silebilsem hayatımdan...
Yeniden eski BEN olabilir miyim acaba?

Güzel bir geceydi. Üniversiteden sınıf arkadaşlarımızla buluşup yemek yemiş, kız kıza eğlencenin dibine vurmuştuk. Yakası açılmadık fıkralar, görüşmediğimiz süre içinde başımızdan geçen ilginç anekdotlar, yılların getirdiği alışkanlık ve cesaretle birbirimize acımasızca takılmalar ve ardı ardına atılan tasasız kahkahalar...

Başıma gelecekler içime doğmuş gibi, kaldırılan kadehlere meyve suyu bardağıyla eşlik ettim bütün gece. Babamın, "Araba kullanacaksan, asla alkol almayacaksın!" sözlerinin en sadık uygulayıcısıydım zira.

Bir sonraki toplantının tarihini saptayıp vedalaştık. Neslihan'ı evine ben bırakacaktım. Sabahtan beri yağan yağmur, gitgide hırçınlaşan rüzgârı da arkasına alarak hızını iyiden iyiye artırmıştı.

Şemsiyemiz yoktu. El ele tutuşup koşarak kendimizi arabaya attığımızda Neslihan da, ben de sırılsıklam olmuştuk.

"Tufan dedikleri bu olmalı" dedi Neslihan.

Onu evine bırakıp yeniden yola koyuldum.

Saat gecenin on ikisiydi. Yavaş kullanıyordum arabayı, istesem de sürat yapamazdım. Yağmurun şiddetinden, önümde uzanan yolu zor görüyordum. Bir an önce eve ulaşma çabasındaydım.

Birden tok bir ses duydum arabanın ön tarafında. Yanı sıra şiddetli bir sarsıntı ve büyük bir şangırtıyla ön camın patlayışı...

O zamana kadar yaşadığım ve bundan sonrasında yaşayabileceğim en dehşetli anla yüzleşiverdim:

Ön camda gördüğüm, bir insan kafasıydı!

O şokla arabayı sürmeye devam ettim. Ne yapacağımı bilmez bir haldeydim. Evin önüne geldiğimde arabadan inmeden, ev arkadaşımı telefonla aradım.

"Hemen aşağı in Ebru!" dedim. "Birine çarptım ben..."

Üzerinde pijamalarıyla indi Ebru.

"Eve çıkalım" dedi. "Perişan görünüyorsun. Ne oldu, ne bitti anlatırsın."

"Anlatacak bir şey yok!" diye haykırdım. "Birilerini ezdim ben!"

Beynim uyuşmuş gibiydi, hiçbir şey düşünemiyordum. Olay yerine dönmekten başka çarem yoktu galiba. Gaza bastığım gibi, biraz önce arşınladığım yollara vurdum kendimi.

Trafik arabaları, polisler, ambulans...

"İki kişi ölmüş" dedi polislerden biri.

"İki kişi mi?" diye dehşetle haykırdım. "Ben çarptım!" dedim ardından.

Karakola götürdüler beni. Saat gecenin üçü... Sabaha kadar orada kaldım.

Saat gibi işliyordu süreç: Sabah adliyeye sevk edildim. Önce savcıya ifade verdim, ardından da tutuklandım.

Ölümüne neden olduğum o iki kişinin kimler olduğunu sonradan öğrendim: Bir anne kız! Kadın mesane kanseri. Yakın bir ilçeden tedavi amacıyla gelmişler buraya. Bir yakınlarına gitmek için dolmuşa binmişler. Galiba dolmuş şoförü, inecekleri yerden önce indirmiş onları.

Yayaya kapalı yol! Biraz ileride altgeçit var. Ama güvenlik nedeniyle gece on ikide kapanıyormuş altgeçit. 150 metre sonraki ışıklara kadar yürümeleri gerekiyor ana kızın. O şiddetli yağmurda ve karanlık ortamda yürümek zor ve ürkütücü gelmiş olmalı ki, ortadaki refüjden geçeceklerine geri dönmüşler. Ve o esnada ben geçiyormuşum oradan!

Görmedim onları! Bu yüzden de fren yapamadım. Ama hiçbir şey avutamaz beni. Ortada bir suç ya da yanlış varsa, hepsi bana aittir!

Keşke ben de ölseydim onlarla beraber!

İki kişinin acısı üstümde.

Ağır... Çok ağır! Bu yükle nasıl yaşayacağım ben?

Tutukluydum. Ancak adliyedeki işlemler uzun sürdüğünden, geç saatte varmıştık cezaevine. Cezaevi müdürü gitmişti.

Hücreye koydular beni... Bu geceki mekânım burasıydı.

Bir ranza, üzerinde astarsız, çıplak bir sünger; şilte, çarşaf falan yok. Yukarıda tavana yakın, demir parmaklıklı minicik pencere, dışarının tüm ayazını içeriye taşıyor.

Yerde alaturka, leş gibi bir tuvalet. Sinekler uçuşuyor üzerinde. Bir lavabo, bir musluk... Ama su yok!

Oyuncusu olmadığım bir korku filminde yaşıyordum sanki.

On iki saat öncesine yumuşak bir dönüş yaptım...

Her şey yolunda. Arkadaşlarımla buluşacak olmanın heyecanı, önümüzdeki tatilde yurtdışına yapılacak seyahat planları...

Hepsinin üzerine kalın, kapkara, ağır mı ağır bir perde çektim. O perdenin yeniden aralanıp beni eski günlerime taşıyabileceğini hiç sanmıyordum.

Aradan ne kadar zaman geçtiğinin farkında değildim. Uyumuş kalmışım oracıkta. Demir kapının gıcırtıyla açılması ayılttı beni. Bir Roman kadını ite kaka içeriye atıp kapıyı kapattı görevliler.

Küfrün bini bir para, kapıyı tekmeliyordu kadın.

"Tam sezon açıldı, beni buraya tıktınız!" diye naralar atıyordu.

Ne demek istediği belliydi: Hırsızlık sezonundan söz ediyordu.

"Mayıs başı Almancılar gelmeye başlar. Bense içeride olacağım!" diye hayıflanıyordu.

Altında allı güllü bir şalvar, üstünde de dizlerine kadar uzanan bol bir hırka...

Benim varlığımı yeni fark etmiş gibi, kömür karası gözlerini yüzüme dikti, "Adın ne senin?" diye sordu teklifsizce.

"Mimoza" dedim.

"Mi-mo-za..." diye heceledi. "Çiçek adı. Ama bizim işimiz olmaz öyle sosyete çiçekleriyle. Karanfil satarız biz, gül satarız, sümbül satarız."

Eksik bıraktığı yeri tamamlamak ister gibi, "Benim adım da Gülcan" dedi. "Belli restorantlar var çalıştığımız." Restoran yerine t'yi özellikle vurgulayarak, üstüne basa basa restorant diyordu. "Çok müşterim var benim. 'Gülcan'ın gülleri başkadır' der hepsi."

"Çiçek satıyorsun ya işte" dedim. "Hırsızlığa ne gerek var? Kocan yok mu senin?"

"Allah onun belasını versin!" dedi. "Şuradan gidip bir tavuk; tavuktan vazgeçtim, tek bir yumurta çalamaz benim herif. Evde oturup ense yapar ancak."

Beni içinde debelendiğim çukurdan tümüyle çıkaramasa da, üstümdeki ağır ve kapkara örtüyü aralamayı başarmıştı Gülcan. Şimdi de yaptığı işin (!) inceliklerini anlatıyordu bana.

"Para çalanla eşya çalan ayrıdır bizde. Herkes aynı işi beceremez."

Birden aklına gelmiş gibi, "Avukatın var mı senin?" diye sordu.

"Yok" dedim.

"Benim var!" dedi gururla. "Yıllık para veriyorum adama. Sürekli girip çıkıyoruz ya... Bizim gruba topluca bakıyor. Abiler, kardeşler, bacılar... kimin başı sıkıştıysa Hızır gibi yetişir sağ olsun."

O gelene kadar, "Kendimi nasıl öldürebilirim?" diye düşünürken, farkında bile olmadan, hayatla aramdaki olabildiğince yıpranmış bağları usul usul onarıyordu Gülcan.

"Bizim olduğumuz yerde eğlencenin âlâsı vardır" diyordu. "Kavga da eksik olmaz ama. Bahaneye gerek yok; gözünün üstünde kaşın var mı dedin, çığlık çığlığa kavgaya tutuşuruz biz. Ama yüreciğimiz temiz, kimseye bizden bir zarar gelmez be ablacığım..."

Sabah saat 6.30'da gardiyan ekmek ve su getirdi. Bardaklar cam değil, metal. Kendimize zarar vermeyelim diye.

Geceyi geçirdiğimiz hücrenin ve sabah kahvaltısı niyetine verilen bayat ekmekle ılık suyun günahını örtmek ister gibi, "Buranın böyle olduğuna bakma" dedi Gülcan. "Yolgeçen hanı misali. Gelen şöyle bir uğrayıp geçiyor. Bu tek gecelik kafesten çıktığında, her yer cennet gibi görünecek gözüne. Eskisi gibi değil artık hapishaneler. *Dinlenme tesisi* diyor bizim gaciler. Yorgunluk atıyorlar oralarda."

Bu çatı altındaki ilk günüme başlamak üzereydim. Gülcan'ın söylediklerinin ne derece doğru olduğunu birazdan, kendi gözlerimle görecektim.

* * *

Önce sağlık muayenesinden geçtim. Ardından da, ne kadar süreyle konuğu olacağımı kestiremediğim koğuşuma götürdüler beni.

Hayret! Filmlerde gördüğümüz, hikâye ve romanlarda okuduğumuz, ranzalı, çok sayıda tutuklu ya da hükümlünün bir arada kaldığı koğuşlara benzemiyor burası. İki katlı; alt katta beş, üst katta altı odası olan, her odada tek kişinin kaldığı yeni bir koğuş düzeni kurulmuş.

Kadın gardiyan, üst katta soldan ikinci odanın kapısını açıyor. Yaklaşık on metrekarelik bir oda; yan tarafında banyo, tuvalet...

Burası yeni mekânım benim!

Eşyalar da bir kişiye yetecek kadar. Duvara dayalı bir karyola, başucunda küçük bir komodin, köşede metal bir elbise dolabı. Gerisi bana kalmış... Odaya televizyon ve küçük boy buzdolabı konulabiliyormuş. Tabii pamuk eller cebe...

Ben gittiğimde koğuş arkadaşlarımın bir kısmı alt kattaki ortak kullanım alanında çay içiyorlardı. Ölçülü bir sıcaklıkla karşıladılar beni.

"Hoş geldin bacım, Allah kurtarsın" dedi içlerinde en kıdemli görüneni. "Benim adım Yeter. Bunlar da Gonca, Esma, Beyza..."

Koğuş ağası kavramı çoktan rafa kaldırılmış. Eski sistemdeki koğuşlar yok ki, ağası olsun. Ama gördüğüm kadarıyla Yeter Hanım, perde arkasından ağalığını sürdürüyor.

Birinci dereceden bir yakınımı telefonla arama hakkım varmış. Hemen kullandım bu hakkı!

Önce babamı aramayı düşündüm, ama hemen vazgeçtim. Daha yeni kalp spazmı geçirmişti babacığım. En iyisi ağabeyimle konuşmaktı...

Ağabeyim sayesinde tutukluluğumun ikinci günü döşeniverdi odam. Benim de içeceklerimi koyacağım minik bir buzdolabım, küçük ekran bir televizyonum, yatağımın üstünde çiçek desenli bir örtüm, odamın taş zeminine serdiğim kilimlerim, yuvarlak küçük bir masam, sandalyem, dantel masa örtüm ve parmaklıklı penceremde tül perdem var artık.

Yeter Abla (ben de ister istemez *abla* diyorum ona) yakından ilgileniyor benimle.

"Çok kalmazsın sen" diyor. "En çok bir iki aya kadar çıkarsın. Bizimki öyle mi ya? Buradakilerin çoğu demirbaş!"

Kendi hikâyemi anlattım, ama "Sen neden buradasın?" diye sormaya cesaret edemedim açıkçası.

Konuşulanlardan çıkardığım kadarıyla uzun süreli bir mahkûmiyeti var. Onu buralara düşüren nedeni ya da nedenleri öylesine merak ediyorum ki...

Yeter

"Hiçbir şey yapmadım ben, yalnızca zincirlerimi parçaladım" desem, inanırlar mı bana?

Buradaki dördüncü yılım. On altı yıla hüküm giydiğime göre, daha işin başında sayılırım.

Öncesinde yaşıyor muydum, yoksa asıl yaşantım bu dört duvar arasına kısılıp kaldıktan sonra mı başladı, kestiremiyorum. Kesin olan tek şey, burada eski yaşantıma göre çok daha farklı bir itibar görüyor olmam.

Yeni tip tutukevi ve cezaevlerinde koğuş ağalığı kavramı yok artık. Eskidenmiş o; koğuş ağası, koğuş mümessili, koğuş sorumlusu, ekip başı payeleri... Bu yakıştırmalı etiketler, sahibine üstünlük sağladığından, rafa kaldırılmış. Kimse lider değil burada; emir verme, baskı kurma yok.

Ancak, daha önce başka bir cezaevinde yatmış kadınlardan birinin anlattığına göre, herkesin aynı mekânda topluca kaldığı, kimsenin özel odasının olmadığı eski tip cezaevlerinde koğuş ağalığı gerçeği hâlâ devam ediyormuş. Anlatan kadın, uzun yıllar başkasının yerine temizlik yapıp, onun sigarasını, çayını ayağına götürerek geçirmiş günlerini.

Hal böyleyken, bizim on bir odalı koğuşumuzda, beni "ağa" yerine koymalarına anlam veremiyorum. Ama bana yakıştırılan bu ayrıcalığın gereğini yerine getirmekten de geri durmuyorum.

Yeni gelen kader mahkûmlarını karşılayıp "Hoş geldin" diyen ben; başlarından geçen trajik hikâyeleri, yüreklerine çöreklenmiş dertlerini dinleyen gene ben...

Belki hepsinden kıdemli olduğumdan (hiçbiri buradaki dördüncü yılını doldurmadı henüz), belki de –ayrıntılarını tam olarak bilmeseler de– işlediğim suçu biraz olsun kabul edilebilir bulduklarından.

Çocuk öldürmek en affedilmez suçtur burada! Kocayı ya da sevgiliyi öldürmek daha anlayışla karşılanır.

"Hak etmiştir" diyerek onaylanabilir hatta.

Cinayet işleyenler hırsızlık yapanları küçümser. Hırsızlar ise cinayetten büyük suç olmadığını savunurlar.

Benim, kocamı öldürmüş olmam hiçbirini rahatsız etmiyor. Kimse sütten çıkmış ak kaşık değil ne de olsa.

Koğuştan içeri giren herkesi kolayca kabullenebiliyorlar. Suçlama yok, "İnsanlar bana nasıl ve hangi gözle bakacaklar" korkusu yok.

E, bundan iyisi can sağlığı...

Şu son gelen kız... Mimoza'ymış adı.

"Bir Mimozamız eksikti" diye alçak perdeden kaynaştı bizimkiler.

Gül'e, Gonca'ya alışıklardı da, "Mimoza" biraz sosyetik geldi haspalara.

Yeni konuğumuz gelgeç tutuklulardan. Daha minderini ısıtmadan, iki üç aya kalmaz çıkar. Buralara pek yakışmıyor zaten. Hali tavrı, giyimi kuşamı, "küçük hanımefendi" kıvamında.

Bu sabah havalandırmaya çıktığımızda kısaca anlattı başından geçenleri. Karşılığında, benim hikâyemi de dinlemek istedi sanırım. Anlamazdan geldim.

Yeter'i çözmek o kadar kolay değil yavrum! Burada

hiç kimseye açılıp saçılmamışken, senin ayrıcalığın ne?

"Kimseyi öldürmedim ben, yalnızca zincirlerimi kırdım" desem, anlar mısın beni? İnanır mısın bana?

O halde, diğerleri gibi...

"Kocasını öldürmüş bir kadın!" de, geç.

Evet, çocuk öldürmek, hele hele yeni doğmuş bebeğinin canına kıymak, asla kabul edilemez buralarda. Böylesi bir cürmü işleyeni linç etmeye kalkarlar alimallah!

Sabah yoklamasından sonra, bir aşağı bir yukarı volta atarken, koğuşumuza son katılanlardan en genç olanıyla burun buruna geldim. Avlunun köşesine sinmiş, salya sümük ağlıyor kız.

Konuşmak istemeyeni konuşturmaya çalışmak bana düşmez. İsteyen anlatır, isteyen susar.

Ama bu kız öylesine doluydu ki, patlamak için bir bakışımı bekliyordu sanki.

"Kurban olayım ablam" diye ellerime sarıldı. "Bebek katili diye bellemeyin beni. Cahilliğimin, çaresizliğimin kurbanı oldum."

Adı Aysel. 17 yaşında.

İçinde birikmiş irini boşaltır gibi, ağlaya sızlaya anlattı hikâyesini. Hiç kesmeden, sabırla dinledim...

Aysel

Bebeğim öldü benim.
Elimin altında hareketsiz kalıverdi.
Onunla beraber ben de öldüm...

Annemle babam ayrıldıklarında, okula gitmiyordum henüz.

Küçücük, kavruk bir kız çocuğu...

Ne söylense inanacak yaşta, saf ve temiz.

"İki evin olacak bundan sonrasında" dediler. "Biri annenin evi, diğeri de babanın."

Ne var ki hiç evim olmadı benim. Kısacık hayatım boyunca, oradan oraya savruldum durdum.

İstenmeyen çocuktum ben! Sevilmeyen, görmezden gelinen, yok sayılan...

Annemle babamın yeni evliliklerinden olma çocuklarının yanında, ikinci sınıf evlat muamelesi görüyordum. Annemle üvey babamın gözünde ise, güçlükle katlanılan bir sığıntıydım yalnızca.

İlköğrenimimi bitirdiğim yıl okuldan aldılar beni.

"Buraya kadar!" dedi babam. "Okuyup da allame mi kesileceksin başımıza?"

Annemin de beni okutmak gibi bir arzusu ve çabası yoktu zaten. Ardı ardına doğurduğu kızlı oğlanlı çocuklarına bakıcılık edecektim. Babamın evine gittiğimde de, üvey anamın bebelerine...

Tek dert ortağım, teyzemin kızı Nuray'dı. Yaşça benden epey büyüktü Nuray Abla. Kısa süren bir evlilik yapmış, sonra da kocasından ayrılmıştı.

Çok seviyordu beni. Evinin arka cepheye bakan küçük odasını bana ayırmıştı. Okul zamanı hafta sonları gidip kalıyordum. Ama okul sayfası da kapanmıştı artık.

"Bırak şu 'anamdı, babamdı' muhabbetini" dedi Nuray Abla. "Topla eşyalarını, bende kal. Bana da yoldaş olursun."

Ne anam karşı çıktı ne de babam. İşlerine gelmişti böylesi. Üç beş parça eşyamı toparlayıp Nuray Abla'nın yanına yerleştim.

Can yoldaşı olacaktım sözüm ona Nuray Abla'ya. Ama gördüm ki, zaten çok sayıda can yoldaşı vardı Nuray Abla'nın: Erkekler!

Arada bir gidip kaldığımda da "arkadaşım" dediği birilerini görüyordum. Ama evin bir parçası olunca, işin çehresi değişti.

Eskiden üvey kardeşlerime hizmet ederken, bu kez de Nuray Abla'nın, kendi tabiriyle arkadaşlarına, dostlarına hizmet veriyordum.

Gecenin geç saatlerine kadar süren içki sofraları, sık sık değişen yüzler...

Böyle zamanlarda mutfaktan çıkmıyordum ben. Gelenle gidenle de hiç ilgilenmiyordum. Bana kalsa, odama çekilir, hiç ortalıkta görünmezdim.

Yemek işini tümüyle benim üstüme yıkmıştı Nuray Abla. Misafirler gelmeden önce sofrayı kurup servis tabaklarını masaya taşıyordum. Sonra da bir şey gerekir de beni çağırırlar diye gece boyunca mutfak taburesinin üstüne tüneyerek, Nuray Ablacığımdan gelecek emirleri bekliyordum.

Bir akşam, "Sen de otur masaya" dedi Nuray Abla.

"Yok abla, ne işim var sizin aranızda?" diyecek oldum.

"Otur dedimse oturacaksın!" dedi.

Kolumdan tutup odasına götürdü beni. Elbise dolabını açtı, kırmızı, yakası açık bir elbise çıkardı.

"Giy şunu" dedi.

"Böyle süslü püslü elbiseler bana göre değil be abla" diye karşı çıktım. "Yakışmaz bunlar bana."

"Dene bakalım" dedi. "Yakışıp yakışmayacağına beraberce karar veririz."

Üstüme tam oturmuştu elbise. Bu kadarla yetinmedi Nuray Abla. Hiç üşenmeden saçlarıma fön çekti. O güne kadar krem bile sürmediğim yüzüme ağır bir makyaj yaptı.

Aynaya baktığımda kendimi tanıyamadım. Bambaşka bir "ben" duruyordu karşımda...

Beraberce karşıladık misafirlerimizi. İki aydır eve gelip giden Musa Abi'nin yanında, daha önce hiç görmediğim genç bir adam vardı.

"Nihat" diye tanıttı Nuray Abla. "Musa'nın amcasının oğlu."

Gönülsüzce katıldım onlara. Başım önümde, konuşulanlarla ilgilenmeden, öylece oturuyordum masada.

Zeytinyağlılar ve mezeler yenmiş, sıra sıcak yemeğe gelmişti. Mutfağa gidip fırındaki eti çıkardım. Tam servis tabağına yerleştiriyordum ki, Nihat'ın sesiyle irkildim.

Elinde buz kovası, "Nereden buz alabilirim?" diye soruyordu.

Buzluğu çıkarıp buz küplerini kovaya boşalttım. İçeri geçebilirdik artık.

Birden, boşta kalan eliyle buklelerime dokunarak, "Saçların ne güzelmiş!" deyiverdi Nihat.

Sonra da elini hızla çekip, söylediğinden utanmış gibi mahcup bir tavırla gülümsedi.

O gece yatağıma uzandığımda, gözlerimin önünde hep o kare vardı. Nihat'ın saçlarıma dokunuşu ve ortak bir mahcubiyeti paylaşmamız...

Musa Abi'nin her gelişinde, yanında Nihat da vardı artık. Bana olan ilgisini görmezden gelmeye çalışıyordum. Ama ne yalan söyleyeyim, benim içimde de bir şeyler kıpırdanmaya başlamıştı.

Baştan beri üstü örtülü arabuluculuk yapan Nuray Abla, "Ne nazlanıyorsun kız?" diye çıkıştı bana. "Belli ki oğlan sana yanık. Allah için efendi çocuk, yakışıklı da. İş güç sahibi, cebi dolu. Böyle kısmet kaçmaz! Aklını başına al, ürkütme adamı."

Şaşkındım. Böyle bir şey ilk kez başıma geliyordu. Âşık olmuştum galiba. Seviyordum... Görünüşe göre, o da bana tutulmuştu.

Bir akşam, "Musa'yla ben dışarda yemek yiyeceğiz" dedi Nuray Abla.

Niyeti, Nihat'la beni baş başa bırakmakmış meğer...

Ne kadar safmışım!

Ama ne yapabilirdim? Önceden planlanmış bu gecenin konuk oyuncusu olarak, kendimi Nihat'ın kollarına teslim etmekten başka bir rol bırakmamışlardı ki bana...

"Evleneceğim seninle" diyordu Nihat. "Ailemle konuşayım, anandan babandan isteyeceğim seni."

"Anasından babasından değil, benden isteyeceksin kızı" diye takılıyordu Nuray Abla.

Çok mutluydum, bulutların üzerinde yürüyordum sanki. Bir zamanlar kapı arkalarına saklanırken, Nihat'ın gelmesini sabırsızlıkla bekler olmuştum.

Ne var ki, beraberliğimizin ikinci ayında sırra kadem bastı Nihat! Evliymiş meğer... Üstüne üstlük iki de çocuğu varmış.

"Dert etme" dedi Nuray Abla. "Böyledir bunlar. İlk söylemeleri gerekeni en sona bırakırlar. İlk günden, evli olduğunu itiraf eden erkek gördün mü sen hiç?"

Bana sorulacak soru muydu bu? Nihat'tan başka erkek görmemiştim ki ben!

Nihat'la beraber Musa Abi de buharlaşıp uçuvermişti. Ama Nuray Abla'nın umurunda bile değildi. Kendisi aldırmadığı gibi, benim hıçkırıklara boğulmamla da alay ediyordu.

"Ne bekliyordun?" diyordu. "Kenar mahallenin kızını koynuna aldı diye, nikâh kıyacağını falan mı sanıyordun yoksa? Alış kızım, alış! Böyledir bu işler..."

Hamile olduğumu, ancak dördüncü ayında fark edebildim. Acemilik işte...

Çok korkmuştum.

"İcabına bakarız" dedi Nuray Abla.

Doktora gittik beraberce. Çok para istedi adam!

"Dört aylık kürtaj tehlikelidir" dedi. "İstediğim para az bile. Ya ölüverirsen?"

Keşke ölseydim!

"Doğurursun" diyordu Nuray Abla. "Çocuğu olmayan bir aile bulur veririz. Kamyon dolusu para verirler üstüne."

"Ne diyorsun sen Nuray Abla?" diye bağırdım. "Babam hamile olduğumu duyarsa öldürür beni."

Çaresizdim, panik halindeydim. Asla duymamalıydı bizimkiler.

Nuray Abla'nın yanında kalsam da arada bir annemle, babamla görüşüyordum. Seyreltmeliydim bu görüşmeleri.

Bol elbiseler, pantolon üstü tunikler... İdare etmeye çalıştım.

Bir gece sabaha karşı sancım tuttu. Nuray Abla hastaneye götürdü beni.

Gözyaşları dökerek, saatlerce kıvrandım. Mutlu bir aileye doğmayacaktı bebeğim. Babasız bir çocuk getirecektim dünyaya. Çektiğim sancı, yüreğimdeki acının yanında solda sıfır kalırdı.

Öğlene doğru doğdu bebeğim: Erkekti!

Alıp eve geldik. On gün sütümle besledim onu. Canımdı, kanımdı oğlum; her şeyimdi!

Nuray Abla ise birilerine haber salmış, evlatlık verilecek bir aile arıyordu.

"Olmadı, Çocuk Esirgeme Kurumu'na veririz" diyordu.

Bir mucize olsun, çocuğum benim yanımda kalsın diye dualar ediyordum.

O sabah her zamankinden çok ağlıyordu yavrum. Gazı vardı galiba.

Pişpişledim, kuşkuşladım... Nafile!

"Kes şunun sesini!" diye tersleniyordu Nuray Abla. "Apartmanı ayağa kaldıracak kerata. Komşular duruma ayılırsa yanarız!"

Telaşa kapılmıştım. Gitgide yükseliyordu bebeğimin

sesi, gitgide artıyordu ağlaması. Ne yapacağımı bilemez bir haldeydim.

Öyle ya da böyle susturmalıydım onu. O an, aklıma ilk geleni yaptım:

Avucumla bebeğimin ağzını kapayıverdim! Sakinleşir gibi oldu.

Sonrasında...

Elimin altında çırpınan minik beden, hareketsiz kalıverdi birden.

Ölmüştü bebeğim!

Nuray Abla üç kat kalın naylon torbaya sardı oğlumu. Götürüp çöpe attı.

Uzun sürmedi... Yakalandık!

İçerisi ya da dışarısı fark etmiyor benim için. Ama gücüme giden bir şey var: Bana "evlat katili bir ana" gözüyle bakılması.

Oysa ben, asla öldürmek istememiştim yavrumu.

Sesi duyulmasın diye...

Ama o öldü!

İstemeden de olsa, ben öldürdüm onu.

Kimse farkında değil ama, onunla beraber ben de öldüm!

Bundan sonrasında alacağım her nefes haramdır bana...

Gonca

Uzaktan uzağa da sevebilir insan
Yüzünü görmeden, sesini duymadan
Ona dokunamadan
Platonik aşk diyorlar buna...

Bugün her zamankinden de erken başladım güne. Uyku fakiriyim ya... Alıştım artık; geldim geleli, iki saat kesintisiz uyuduğum vaki değil.

Herkesten geç yatıp hepsinden erken kalktığım için, "Yeter Abla, koğuşumuzun gece nöbetçisi!" diyor kızlar.

Sabah yoklaması ve kahvaltı...

Haftalık kahvaltı listemiz önceden belirleniyor. Bugünkü kısmetimiz beyazpeynir, zeytin ve çaydan ibaretti. Aceleyle yudumladım çayımı. Koşar adım avluya çıktım.

Havalandırma saatimiz!

Günaydın dedim gökyüzüne, günaydın yalnızlığım, günaydın özlemlerim...

Koğuştaki bütün kadınların gönüllü olarak bir araya geldiği biricik mekân, bu avlu. Küçük bir bahçe gibi; ama zemin beton, avluyu çevreleyen yüksek duvarların üzerinde de spiral tel örgüler var. Gökyüzünü görmek için kafanı kaldırman gerekiyor.

Olsun, bu kadarına da razıyız biz. Kuşlar geçiyor sınırlı gökyüzümüzden. Özgürlüğün müjdecileri! Ama öylesine uzağımızdalar ki...

Bir saatliğine de olsa çocuklaşıyor burada kadınlar, şımarıyor, dertlerinden sıyrılıp bambaşka bir dünyanın kapılarını aralıyorlar. Kazağını, gömleğini çıkarıp iç çamaşırıyla güneşlenenler, avlunun çevresinde onlarca kez yürüyüp tur atarak form tutmaya çalışanlar...

İçlerinde en çılgını, koğuşta çocuğuyla kalan tek tutuklumuz, Gonca! Her gün farklı bir sürprizle çıkıyor karşımıza.

Bugün de ekmekle sütü karıştırıp, bulamaç halinde yüzüne sürmüş. Sözüm ona güzellik maskesi! Yetmezmiş gibi, bir damlacık çocuğun yüzünü de bulamaçlamış.

"Cildi temizliyor, gerginleştiriyor" diye diğer kadınlara da tavsiye ediyor. "Siz de yapın, pişman olmazsınız" diyor. "Yılbaşı kutlamasına kadar toparlanır suratlarınız."

Duyan da çok yıldızlı otelde yılbaşı balosuna davetli sanır!

Gülüşüyor kadınlar.

"Delidir, ne yapsa yeridir" diyor birileri.

Katılmıyorum onlara. Dışarıdan bakıldığında havai görünse de, gayet aklı başında bir kadın aslında Gonca. Sohbeti de son derece keyifli.

Birkaç kez baş başa konuşma fırsatımız olmuştu; anlattıklarıyla hem güldürmüştü beni, hem de derin derin düşündürmüştü.

Gonca'nın üzerinden aldığım bakışlarımı diğerlerinin üzerinde gezdirirken, avlunun köşesine sinmiş, ürkek ceylan bakışlarıyla koğuş arkadaşlarını süzen Aysel'e takılıyor gözüm.

Yanına gidip, "Öyle miskin miskin oturmak yok!" diyorum. “Kalk biraz yürü, ayakların açılsın. Şu mis gibi tertemiz havayı doya doya çek içine.”

Konuşup konuşmamakta kararsız, hafifçe gülümsüyor. Minnet ifadesi var gözlerinde. Onu insan yerine koyup hikâyesini dinledim ya...

Koğuş arkadaşlarımızın tek tek adlarını sayıyorum. Uzaktan uzağa tanıştırıyorum onları. Çünkü bizimkiler hâlâ “bebek katili” diyerek ayrıkotu muamelesi yapıyorlar kıza. Kendileri sütten çıkmış ak kaşık sanki!

Hepsinin adını hece hece yineleyerek ezberlemeye çalışıyor Aysel. Ardından bana dönüp, hiç ummadığım o soruyu soruyor:

“Abla, senin adın neden Yeter?”

Gülüveriyorum. Aynı soruyu yıllar öncesinde kızım sormuştu bana. O uğursuz gün...

Kızıma verdiğim yanıtı aynen yineliyorum:

“Neden olacak? Ailenin altıncı kız çocuğuna, Yeter’den başka ne ad konulabilirdi ki? Sence beni ‘Müjde’ diye çağırmaları uygun düşer miydi?”

Kaçamak bir gülüşle kıvrılıyor dudakları. Toparlanıyor hemen.

Dilinin altı dolu. Bıraksam neler neler soracak kim bilir...

Kusura bakma yavrucuğum... Erkek evlat veremediği için kocasının tüm işkencelerine katlanan anamı, benim de dayak ve şiddetle örülü bir yaşamdan bir diğerine geçişimi, bugüne kadar kime anlattım ki, senin için saçılıp döküleyim?

Gonca’nın, kucağında kızı Mine ile yanımıza gelmesiyle bölünüyor konuşmamız. Tam isabet!

Dünyalar güzeli bir çocuk Mine. Kıvır kıvır saçları, kömür karası badem gözleri, tavşan dudakları ve sıcacık çocuk gülüşüyle tam bir şirinlik muskası. Koğuşumuzun nazar boncuğu o!

"Hadi Mine" diyor Gonca. "Yeter Teyze'ne bir göbecik atalım, belki şeker verir bize."

Koğuşun, tartışmasız en şen şakrak kadını Gonca. Sesi de pek güzel...

"Hani ya da benim elli gram pırasam" diye başlayıp, Mine'nin karşısına geçiveriyor. Ana kızın kıvrıla kıvrıla göbek atışını tempolu alkışlarla destekliyoruz hepimiz.

İçim sızlıyor bu çocuğa. Altı aylıktı buraya geldiklerinde. Dört duvarın dışında bambaşka bir dünyanın olduğundan bile habersiz. Anasının koynunda uyuyor, onunla aynı yemeği paylaşıyor. Ve yaramazlık yapmayı bile öğrenemeden büyüyor.

Nereye kadar böyle gidecek?

Ne olacağı belli aslında. Eğer Gonca o zamana kadar tahliye olamazsa, altı yaşına geldiğinde ya dışarıdaki aile yakınlarından birine teslim edilecek –ki ana sıcaklığından uzaklaşması onun için en büyük darbe olur!–, ya da daha kötüsü, çocuk yuvasına gönderilecek.

Göbek atma faslını bitirip, en şirin gülüşüyle karşımda duruyor Mine. Elbisemin cebinden çıkardığım birkaç meyveli şekeri eline tutuşturuyorum. Gözlerinin içi gülüyor. Onun bu masum sevinci kor gibi yakıyor yüreğimi.

"Ah yavrum, ne işin var senin buralarda!" diye haykırasım geliyor.

Uyuşturucudan içeri girmiş Gonca. Asıl suçlu kocası. Ama karısını da işe bulaştırmış.

Türkiye'deki mevcut yasal uygulamalara göre, uyuşturucu kullanmak suç sayılmıyor. Uyuşturucu ticareti ve kuryelik yapmak suç.

Kocası ihbar etmiş Gonca'yı!

Cin gibi adam. Uyuşturucuları teslim edeceği kişilerle Gonca'yı konuşturmuş. Telefon kayıtlarını delil göstererek de, karısının tutuklanmasını sağlamış. Bile bile başını yakmış yani kadının.

İlginç olan, Gonca'nın bu durumdan hiç şikâyetçi görünmemesi.

"Benim adam vurgundur bana" diyor. "Çok sever beni, deli gibi de kıskanır. O içeride, ben dışarıda... olacak iş değil! Birileri askıntı olur falan... Gözü arkada kalacağına, beni de buraya attırdı ki, içi rahat etsin."

Bunca yıldır buradayım, onun kadar kocasına düşkün ve tutkun bir hükümlü ya da tutuklu kadın görmedim.

Okuma yazması zayıf Gonca'nın. Ama her gün kargacık burgacık yazısıyla mektuplar döşeniyor kocasına. Ondan gelen mektupları da gururla herkese gösteriyor.

Bu çatının altında mektup alan yalnız Gonca değil, mektup arkadaşları ve mektup sevgilileri olan pek çok kadın var.

Gazete ya da televizyonda haberleri çıktığında, erkek mahkûmlardan yüzlerce hayran mektubu geliyor kadınlara. Önce mektupçular tarafından okunuyor mektuplar. "Görüldü" damgası vurulduktan sonra sahibine teslim ediliyor.

Hiç karşılaşmadan, birbirlerini görmeden, tanımadan iletişim kurup, kâğıt üzerinde yaşıyorlar aşklarını. Sevgi sözcükleri hayata bağlıyor onları. Platonik aşklar, deste deste mektuplar...

Gerçek yaşamda olduğu gibi kıskançlıklar, kavgalar ve ayrılıklar da var işin içinde. Ayrılık acısı, hüzün ve gözyaşı...

Kadınlar da en az erkekler kadar mutluluk duyuyor mektuplaşmaktan. E, ne yapsınlar? Erkek görme ihtimali, İstanbul'un Beyoğlu'sunda, Ankara'nın Kızılay'ında, İzmir'in Konak Meydanı'nda "goril" görme ihtimaline eşdeğer!

En çok, duruşma için zırhlı cezaevi arabasıyla mahkemeye giderken, kendilerine eşlik eden görevli erkekleri görebiliyorlar. Bu yüzden de erkek elinden çıkmış ve kendilerine hitaben yazılmış bu mektuplar, onları fazlasıyla memnun ediyor.

* * *

Koğuşta bir de Sultan Hanımımız var. Etliye sütlüye karışmayan, lafın ağzından kerpetenle alındığı, gülmeyi unutmuş, kendi halinde bir kadın.

Cinayetten hükümlü ve tam bir sır küpü!

Kendisi anlatmadı, ama az çok biliyoruz hikâyesini. Gazeteler, televizyonlar sağ olsun! Daha gelmeden öğrendik neler yaşadığını. Tabii bildiklerimiz, habercilerin bizlere ilettiği kadar. Ayrıntılar kalın bir sis perdesinin ardında. O perdeyi aralayamadık bir türlü.

Kızına tecavüz etmeye yeltenen kocasını öldürmüş Sultan Hanım. Bütün bildiğimiz bundan ibaret.

Güldüğünü görmedik hiç. Bir araya geldiğimizde, sohbete katıldığını da. Nasıl olduysa, bugünkü havalandırmada volta atarken, yanıma geldi ve beni odasına davet etti.

Hayret ki, ne hayret! İkiletmeden kabul ettim davetini.

İçeri girdiğimde ilk dikkatimi çeken, odanın son derece tertipli ve temiz olduğuydu. Pırıl pırıldı her taraf.

Masanın yanındaki sandalyeye iliştim. Yatağın kenarına oturdu o da.

Meyve suyu ikram etti bana. Konuksever bir ev sahibi olduğunu kanıtlamak ister gibiydi. Havadan sudan konuştuk bir süre...

Sadede geldi sonunda.

"Hatırlamak istemedikleri yaşanmışlıkları vardır insanların" diye başladı. "Bazı hassas noktaları... O noktalara dokunulmasını istemezler! Ya da yok saymaya çalışır, ancak başaramazlar. Tıpkı benim gibi...

Öncesinde çok denedim; konuşayım, anlatayım, içimdeki zehri dışarı atayım istedim. Olmadı, yapamadım. Ama bugün kararlıyım. Eğer dinlersen, paylaşacağım seninle."

Düzgün bir Türkçeyle konuşuyordu. Keyifliydi sohbeti. Ne var ki anlattıklarının aynı derecede keyifli olduğunu söyleyemeyeceğim...

Sultan

Kızımdı, Nazımdı, Nazlımdı
Çiçeğimdi o benim...
Onu soldurmaya kalkan iblisle savaştım ben.
Öyle olması gerekiyordu...

Ailemin dördüncü çocuğuyum ben. Benden öncekilerin üçü de oğlan. Çok sevinmiş babam kızı olunca. Baklavalar dağıtmış çarşı içinde, fakir doyurmuş, mevlitler okutmuş.

"Sultan" demiş bana, "Sultanım" demiş.

Ama sultanlık da bir noktaya kadar!

Doğuluyuz biz. Âdetlerimiz, göreneklerimiz büyük şehirdekilere benzemez. Ben de babamın, onun yetişemediği yerde ağabeylerimin baskısı altında büyüdüm.

İyi bir öğrenciydim, başarılıydım. Öğretmenlerim öve öve göklere çıkarıyordu beni. Ben de onlar gibi, okuyup öğretmen olmak istiyordum. Ama istemekle olmuyor...

Ortaokul diplomamı aldığımda, "Kız kısmını fazla okutmaya gelmez!" dedi babam.

Biricik sultanı üzülürmüş, yas tutar karalar bağlarmış... umurunda bile olmadı. Çekip aldılar beni okuldan.

Neymiş, gösterişliymişim, güzelmişim, yaşımdan büyük gösteriyormuşum; babamın, ağabeylerimin başını belaya sokarmışım.

Çok ağladım, yemeden içmeden kesildim. Günlerce odamdan dışarı adımımı atmadım.

Annem de benimle beraber kahroldu; ama ne yapsın,

yalnızca erkek sözünün geçtiği evimizde, zerrece hükmü yoktu ki anacığımın.

Neyse ki fazla üstüme gelmiyorlardı. Evin içinde özgürdüm. Okumaya tutkun olduğumu bildiklerinden, avuntu niyetine, deste deste kitap taşıyorlardı bana.

Okudum, okudum, okudum...

Yazdım da! İçimden taşan isyanımı, sevgilerimi, sevinçlerimi, üzüntülerimi...

Kendimce bir orta yol bulmuştum.

Ne var ki fazla sürmedi bu buruk saltanatım.

"Evde oturan kızların kısmeti çabuk açılır" diyordu annem. "Hele senin gibi endamlı, senin gibi güzel olursa..."

Biliyordum, kendisi değildi konuşan; babamın, ağabeylerimin yerine, onların ağzından bana biçilen rolü anlatmaya çalışıyordu.

Akın akın görücüler gelmeye başlamıştı eve. Fazla uzatmadı bizimkiler. Taliplerin arasından, ince eleyip sık dokuyarak ikisi üzerinde karar kıldılar. Ve son tercihi bana bıraktılar.

Kırk katır mı, kırk satır mı misali...

"Hiçbiri!" demek gibi bir şansım yoktu. Bunlardan biri olmasa, yeni adaylar çıkaracaklardı karşıma.

"Son talibin öğretmen" dedi büyük abim. "Metin Öğretmen!"

Kulağıma hoş gelmişti doğrusu. Benim yapmak istediğim işi yapan bir talibim vardı demek...

İki ay içinde evlendik Metin'le. O yirmi dört, bense on altı yaşındaydım.

Görücü usulüydü. Ama ne yalan söyleyeyim, sevdim kocamı. Hem de çok!

Kafalarımız uyuşmuştu. Çok iyi anlaşıyorduk. Bol

bol kitap okuyor, sinemaya, tiyatroya gidiyor, saatlerce sohbet ediyorduk.

Evliliğimizin ikinci yılı, kızımızı armağan etti bize.

"Nazlı" koyduk adını. Nazımızdı, nazlımızdı, her şeyimizdi o bizim.

Ömür boyu süren mutluluklar var mıdır, bilemiyorum. Ama bizimki pek kısa sürdü.

Metin'e kalp yetmezliği tanısı konulduğunda, Nazlı henüz beş yaşındaydı. "Doğumsal anomali" dedi doktorlar. Bir sürü tetkik, torbalar dolusu ilaç ve yığınla tavsiye; yapılması ve asla yapılmaması gerekenler...

Bir yıl geçti aradan. Metin'in durumu gitgide kötüleşiyordu. Oksijen yetersizliğinden dudakları, parmak uçları morarıyor, birkaç adım yol yürümek bile nefes nefese kalmasına yetiyordu.

"Kalp nakli olması gerek!" dediler.

Hastanenin organ nakli bölümünde kayıt açtılar Metin için. Doku uyumu olan bir organ geldiğinde, acilen çağrılacaktık. Ve hemen ameliyata alacaklardı Metin'i.

Altı ay sürdü bekleyişimiz...

Olmadı! Daha fazla beklemeye dayanamadı Metin'in kalbi.

Bir gece sabaha karşı garip, hırıltılı bir sesle uyandım. Kıpkırmızıydı Metin'in suratı, güçlükle nefes alıyordu.

Son bir gayretle, "Hoşça kal" dedi bana. "Hoşça kal Sultanım! Kızımıza iyi bak..."

Öylesine büyük bir acıydı ki, Nazlı olmasa kocamın ardından gitmekte zerrece tereddüt etmezdim. Ama bana çok değerli bir emanet bırakmıştı kocam. Ona gözüm gibi bakmak boynumun borcuydu.

Ana kız, devasa bir acının kollarında, sımsıkı kenetlendik birbirimize...

Metin'den sonra ikimiz, kızım ve ben, kaldığımız yerden yaşantımıza devam edebilirdik. Ama ailem, eskisinden de despot bir yaklaşımla beni sahiplenmekte gecikmedi.

Dul bir kadın, el kadar çocuğuyla yalnız kalamazdı!

Bizim ülkemizde kadın olmak böyle bir şey işte: Yakanda adınla, kimliğinle, kişiliğinle değil; "namusludur" etiketiyle gezmek zorundasın.

Boşanmışsan ya da kocan ölmüş de dul kalmışsan işin daha zor! Şöyle bir ağız dolusu gülemezsin, yaka bağır açık, dekolte giyinemezsin. Ortalıkta çok görünmek, çok gezmek bile haramdır sana.

Yanı sıra, düşündüklerini ifade edemezsin, kendini savunamazsın, içinden geldiği gibi davranamazsın. Seninle ilgili kararları bile başkaları alır, ister istemez kabullenmek zorunda kalırsın.

Benim de, bana biçilen role uymaktan, alnıma yapıştırılan "dul kadın" kimliğimle baba evine dönmekten başka çarem yoktu ne yazık ki.

Kocamla paylaştığımız evi kapatmak çok zor geldi bana. Üç beş parça eşyayı gözyaşları içinde topladım.

Bıraksalar, eski düzenimizi sürdürebilecektim. Maddi yönden sıkıntıya da düşmezdik. Metin'in ölümünden sonra bağlanan para... Yetmedi, iş bulup çalışırdım.

Ama bunları dile getirmem bile olanaksızdı.

* * *

Baba evinin şartları eskisinden de beterdi!

Dul kadın yaftası yapışıp kalmıştı üzerime. Tek başıma ya da kızımın elinden tutup kapı önüne bile çıkamıyordum. Yeniden gündeme gelen, "İyi bir talibin var" diye başlayıp, ikinci koca adaylarımı övüp göklere çıkarmakla devam eden muhabbetler de fazlasıyla canımı sıkmaktaydı.

Ailenin etkisiz elemanı anacığım da, bu kez evin erkeklerinden yana tavır almıştı. Benim iyiliğimi istiyordu kendince.

Kalabalık içinde konuşmuyordu, ama baş başa kaldığımız bir akşamüstü, "Yavrum" diye başladı, "acını anlıyorum. Ama gençsin, güzelsin. Bir ömür böyle geçmez. Sen istemesen de çevren rahat bırakmaz seni. Düşün, taşın..."

"Metin'den sonra hiç kimselere 'kocam' diyemem ben!" diye kestim.

"Tamam Sultanım, tamam... Kocanın sevgisini ve acısını yüreğinde taşı. Ama önünde yaşanacak uzun yılların olduğunu da unutma. Kendini değilse de kızını düşün. Ona baba olacak, ikinize de kol kanat gerecek, helal süt emmiş birine 'evet' demen, hem Nazlı'yı hem de seni bu eziyetten kurtarır."

Burada yaşadığım hayatın "eziyet" olduğunun bilincindeydi annem. Ve tek kurtuluş yolunun, yeni bir evlilikten geçeceğine inanıyordu. Birkaç gün sonra da dört dörtlük yeni bir talibim olduğunu müjdeledi.

"Adı İlyas" dedi. "Çarşı içinde büyük bir esnaf lokantası var. Para pul gani. Yeni ayrılmış karısından, senin gibi dul o da. Çöpsüz üzüm anlayacağın..."

"Amma da çöpsüz üzüm ha!" diye diklendim. "Neden

ayrılmış karısından? Hiçbir kadın tatlı ekmeğini bırakıp gitmez. Vardır altında bir maraza..."

"Kadının çocuğu olmuyormuş kızım. İmam nikâhıyla oturuyorlarmış zaten. Ama sana resmi nikâh da yapacak. 'Çocuğuna baba, ona koca olurum' demiş babana."

"Her şey inceden inceye konuşulmuş demek!" dedim hırsla. "Bana soran, benim fikrimi alan yok."

"Ben sordum ya işte!"

Güler misin, ağlar mısın!

Ah benim anam! Sen sorsan ne olur, sormasan ne olur?

Benimle yüz yüze konuşmayı kendilerine yediremediklerinden, biraz da vereceğim ters bir yanıta muhatap olmamak için, gariban anamı doldurup doldurup üzerime salıyorlardı.

Duyduklarımı kulak ardı edip yok saydım. Ancak aynı gün yaşadığımız bir olay, kafamda farklı bir ışık yaktı:

Nazlı halının üzerinde oturmuş, oyuncaklarıyla oynuyordu. Su istedi benden. Gidip getirdim. Bir elinde oyuncak bebeği, diğerinde su bardağı... İkisini birden idare etmeyi beceremedi yavrum.

Bardağın beton zemine çakılmasıyla tuz buz olması... Nazlı'nın korku dolu gözlerle bana bakışı. Ve ağabeylerimden en küçük olan, diğerlerine göre kendime daha yakın hissettiğim Necmi'nin, kızımın suratında patlayan tokadı! O pespembe yanaklardaki beşparmak izi... Çocuk masumiyetiyle bakan gözlerdeki yaşlar...

Kucağıma alıp sımsıkı sarıldım kızıma.

"Şu son talip var ya" dedim anneme, "görüşelim kendisiyle..."

İki haftanın içinde evlendik İlyas'la.

Nikâhtan bir gece önce, uzun uzun dertleştim Metin'le. Af diledim ondan.

"Yalvarırım anla beni" dedim. "Başka çare bırakmadılar bana."

Tanıdığım kadarıyla iyi bir insandı İlyas. Şefkatliydi, anlayışlıydı. Hepsinden önemlisi, Nazlı'yı kendi kızı gibi benimsemişti.

Eli açıktı. Kızıma, bana küçük sürprizler yapıyor, her akşam iş dönüşünde eli kolu dolu geliyordu.

İki yıl geçti aradan. İlyas'la benim ortak bir çocuğumuz olmadı. Kocamın sırrını ancak o zaman öğrendim. Güya, ilk karısından çocuğu olmadığı için ayrılmıştı... İşin aslı başkaymış meğer: Çocuğu olmayan, kadın değil, bizimkiymiş.

İşime gelmişti böylesi. Hâlâ asıl kocamın Metin olduğunu düşünüyordum ben ve kendimi ona ait hissediyordum. Bir başkasından doğacak çocuğa hiç gerek yoktu.

* * *

Evlenirken tek şart koşmuştum İlyas'a: Kızım okuyacaktı! Okuyabildiği yere kadar... Benim yaşadıklarımı yaşamasındı Nazlım. Kimseye bağımlı olmadan, kendi ayaklarının üzerinde durabilsindi.

"Tamam" demişti İlyas. "Elimden geleni yaparım ben."

Ama ne yazık ki verilen sözler, buz üstüne yazılan yazılar gibi silinip gidiyor.

Nazlı 8. sınıfı bitirdiğinde, "Buraya kadar!" dedi İlyas. "Güzel kız, gösterişli kız... Başımı belaya sokmayın benim!"

Aynı filmi bir kez daha seyrediyor gibiydim. Bir zamanlar benim yaşadıklarımı, şimdi de kızım yaşıyordu. Nazlı'nın ilköğretim diplomasını alıp eve kapanması... Ve konulan yasaklar: Tek başına değil sokağa, balkona bile çıkmayacak, kimseyle telefonda konuşmayacak, onu yoldan çıkarabilecek komşu kızlarıyla asla arkadaşlık etmeyecekti kızım.

15 yaşına gelmişti Nazlı. Dünyalar güzeliydi yavrum. Bir bakanın bir daha dönüp bakacağı güzellikte... İlyas da, ben de gurur duyuyorduk onunla.

O güne kadar İlyas'la aramızda kayda değer bir çatışma olmamıştı. Benim en hassas olduğum konu Nazlı'ydı. Eh, o da en az benim kadar ihtimam gösteriyordu kızıma. Bir dediğini iki etmiyor, hediyelere boğuyordu ikimizi de.

Allah'ı var, hiç sıkmıyordu beni. Üzerimdeki eski baskı ve yasaklar rafa kaldırılmıştı. Hiç olmadığım kadar özgür hissediyordum kendimi. Gönlümce sokağa çıkabiliyor, alışveriş yapıyor, apartman komşularıyla görüşebiliyordum.

Bu arada ilginç bir de iş teklifi aldım. Üst kat komşumuz, yalnızca öğleden sonraları, annesinin yanında oturup oturamayacağımı sordu bana. Perihan Hanım da, kocası da avukattı ve bir avukatlık büroları vardı. Perihan Hanım sabahtan öğlene kadar evde çalışıyor, öğleden sonra gidiyordu büroya. Benden istediği de, evde bulunmadığı saatlerde annesinin yanında oturup ona yârenlik etmemdi.

Önce İlyas'a danıştım tabii ki. Olumlu karşıladı.

"Neden olmasın?" dedi. "Senin için de değişiklik olur."

Evin işi aksamayacaktı nasılsa. Öğlene kadar yemeğimi pişirir, temizliğimi yapar; sonra da tonton teyzemizin yanına giderdim.

Düzenimizi kurmuştuk. Akşamüstü eve geldiğimde, İlyas'la Nazlı karşılıyordu beni.

İlyas son günlerde işi biraz boşlamış mıydı ne?

"Bıktım her gün aynı şeyleri yapmaktan" diye yakınıyordu.

Teyze oğluna yıkmıştı lokantanın yükünü. Günlerce dükkâna uğramadığı oluyordu.

Nazlı'da da, nedenini çözemediğim bir gariplik vardı. Eski cıvıl cıvıl hali gitmiş, dertli bir ifade oturmuştu yüzüne. Gençlik bunalımı dedikleri buydu galiba...

E, haklıydı çocuk! Dört duvar arasında kimselerle görüşmeden, arkadaşsız, yârensiz çile çekiyordu garibim. İlyas'la konuşup, biraz olsun zincirlerini gevşetmeliydim kızımın...

O gün, her zamankinden erken döndü Perihan Hanım. Kahve içtik karşılıklı, sohbet ettik biraz. Kalktım.

Kendi anahtarımla açtım kapıyı. Her zamanki gibi... Loştu içerisi. Salonun buzlucamlı kapısı kapalıydı. Hiç kapatmazdık oysa.

Hızlı adımlarla yürüyüp kapıyı açtım. Ve...

Dünya başıma yıkıldı o an!

İlyas'ın sırtını gördüm önce. Ardından da altındaki Nazlı'yı... Fark etmediler beni.

Sızlanıyordu Nazlı, ağlıyordu.

"Yapma, ne olur yapma" diye yalvarıyordu.

"Nazlı!" diye haykırarak İlyas'ın ensesine yapıştım.

"Bırak onu! Bırak kızımı!" diye bağırıyordum.

Neden sonra ayıldı İlyas. Doğrulup kalktı kızımın üstünden.

Üzerinde beyaz atlet, altı çıplak!

Nazlım, benim nazlı kızımsa utancından kıpkırmızı, hıçkıra hıçkıra ağlıyor...

İlyas ahlaksızı, yaptıkları yetmezmiş gibi bana dönüp, "Ne var yani, ona da hoca nikâhı kıyarım; ana kız gül gibi geçinip gidersiniz" demez mi!

Kendimi kaybetmiştim. Sobanın yanındaki mangal küreğini kaptığım gibi, İlyas'ın kafasına vurdum... vurdum... vurdum...

Küreğin altında debelenen iğrenç bedeni hareketsiz kalana kadar.

Kan içindeydi her taraf. Nazlı ise duvarın dibine sinmiş, için için ağlıyordu.

Metin'in bana bıraktığı emaneti koruyamamıştım. Suçluydum.

Ama cılız bir avuntum vardı. Hani erkekler söyler ya hep... Benimki de o hesap:

Namusumu temizledim! Hak etmişti...

Görüş günü

Sabrı burada öğrendim ben.
Küçücük sevinçlerle avunmayı da...

Erkenden uyandım bu sabah. Yataklara serilip yayılmanın zamanı değildi. Görüş günüydü bugün. Hem de açık görüş!

Sabah yoklaması... Ezogelin çorbasından ibaret kahvaltımız...

Banyomu yaptım ardından. İki gün önceden yıkayıp avluda kuruttuğum çiçek desenli pazen elbisemi geçirdim üzerime. Özenle taradım saçımı. En sıcak gülüşümü iliştirdim yüzüme. Çocuklarımla kucaklaşmaya hazırdım.

Ayda bir, bir saatlik açık görüşümüz var. Üç kez de yarımşar saatlik kapalı görüş.

Kapalı görüşleri sevmiyorum. Kalın bir camın bir yanında hükümlü ya da tutuklular, diğer yanında ziyaretçiler... Sımsıkı kucaklayıp sarılamıyorsun canlarına, içine çekemiyorsun kokularını.

Bir önceki kapalı görüşten sonra saatlerce ağladım. Ellerimizde telefon ahizeleri, aramızda kalın, camdan bir duvar; seslerimizi birbirimize duyurmaya çalışıyoruz. Bedenen değil, görüntü olarak, yalnızca seslerimizin buluştuğu bir hasret giderme çabası...

Kızım, Pakizem daha dayanıklı çıktı benden. Ama bana da, benim can oğluma da yetmedi bu kadarcık kavuşma. Minicik ellerini aramızdaki cama dayadı. Camın bir yanında onun parmakları, bir yanında benimkiler. Kulaklarımızı tırmalayan o çirkin "dıt" sesi... Bitti süre! Sicim gibi yaşlar indi yavrumun gözlerinden...

Çocukları görüşe Kevser Ablam getiriyor. İkisi de onda kalıyor zaten. Annem torunlarına bakmayı çok istedi, biliyorum. Babam karşı çıkmasa bakacaktı da. Ama hâlâ aramızı düzeltemedik babamla. Bu saatten sonra da düzeleceği yok. Ne beni görmek istiyor ne de çocuklarımı.

Açık görüş salonu, okullardaki sınıfları andırıyor. Dikdörtgen şeklinde tahta masalar ve masaların iki yanına karşılıklı yerleştirilmiş tahta sıralar. Herkes ziyaretçisini alıp masasına yerleşiyor.

Kalabalık oluyor salon. Sesler birbirine karışıyor. Konuşmalar, ağlayışlar, gülüşler; sis perdesi gibi çöküyor hasretliklerin üzerine.

Ayrı kaldığımız günlerin acısını çıkarmak ister gibi, sımsıkı kenetleniyoruz birbirimize. Bir Memoş'u kucaklıyorum, bir Pakize'yi. Kevser Ablam gözleri dolu dolu izliyor bizi.

Mektup yazmış bana Pakize.

"Sonra okursun" diyor mahcup bir tavırla.

Canım kızım benim! Ben de buraya geldiğimden beri, her gün bir mektup yazıyorum ona. Ama göndermiyorum, buraya geldiğinde de vermiyorum eline. 18 yaşına geldiğinde topluca vereceğim. Okuduğunda, onu ve Memoş'u nasıl sevdiğimi, her anımda onları düşündüğümü, onlar için neler yaşadığımı görecek, bilecek.

Görüşe gelmeden önce, karton kutuya tarih sırasına göre yerleştirdiğim mektupları çıkardım ve Pakize'ye yazdığım ilk mektubu okudum.

... İdam cezası kalkmamış olsa, "İdamlık Yeter" diyeceklerdi belki bana. Öyle demeseler de, bana o gözle baktıklarının farkındayım.

Aldırma! Annen mapus damlarında diye de sakın üzülme.

Bu benim için tutsaklık değil ki! Hiç olmadığım kadar özgürüm ben...

Devamlı gülüyorum.

Aslında, pek gülmek de denmez buna. Tüm yaşamım boyunca biriktirdiğim, fırsat bulup da harcayamadığım gülüşlerimi açığa çıkarıyorum yalnızca...

Biliyor musun, bu halime bakıp adli tıpta tetkikimi istediler.

Canları cehenneme! Umurumda bile değiller...

Sen, benim küçük dert ortağım!

Deli olmadığımı, yaptığım eylemle yalnızca zincirlerimi kırdığımı bir tek sen biliyorsun.

Öyle değil mi bitanem?

Evet, gerçekten de en buhranlı günlerimdi onlar. Deli gibiydim. Cinayetten tutuklanmış, vara yoğa gülen bir dengesiz!

Her geçen gün, biraz daha orta noktaya çekti beni. Tam anlamıyla dengeme kavuştuğumu iddia edemem. Ama zaten hayatımın hiçbir döneminde, ortalama bir insanın dengeli, sakin, huzurla örülü hayat çizgisine ulaşamadım ki ben...

* * *

Görüş gününün sonrasında, ziyaretçiler salonu boşaltırken, baş edilmesi güç bir kasvet çöküyor üzerimize. Ağızları bıçak açmıyor. Bunalıma giriyoruz resmen.

Ama bu kadarına da şükür! Dört gözle ziyaretçi yolu

gözleyen, ama beklentileri boşa çıkıp hayal kırıklığıyla kahrolanlar da var çünkü...

En somut örneği karşımda: Beyza!

"Çocuğumu görüşe getirmediler gene!" diyor isyanla. "Böyle intikam alıyorlar benden."

Beyza adının anlamı, "beyaz, lekesiz" demekmiş. Ama kızımız öyle çarpık işlere bulaşmış ki, içine düştüğü "kara"nın üzerinde tek bir beyaz nokta yok.

Donanımlı bir kız aslında. Üniversite mezunu. Başarı grafiği zirveleri zorlarken, bir anda çukurun dibinde buluvermiş kendini.

Hikâyesini dinlediğimde, yaşadıkları kaderin bir oyunu muydu, yoksa kendi hataları yüzünden mi bu noktaya gelmişti, çözemedim doğrusu...

Beyza

Büyük konuşmasın hiç kimse!
"Böyle bir olay benim başıma gelmez!" demesin.
"Asla" diye başlayan cümleler kurmasın.
Hiç ummadığınız bir anda, kapkara bir çukurun
dibinde bulabilirsiniz kendinizi.
Tıpkı benim gibi...

Her şey dört dörtlüktü bir zamanlar...

Kıymetlisiydim ailemin. Benden beş yaş büyük ağabeyim üniversiteyi bitirip yüksek lisans için Amerika'ya gidince, bütün ilgi benim üzerimde yoğunlaşmıştı.

Yalnız ilgi olsa neyse, soluk almamı güçleştiren yoğun bir baskıyla sarmalanmıştım. Annem de, babam da çok seviyorlardı beni; ancak sevgi sınırlarını zorlayan, hastalıklı bir sevgiydi bu ve gitgide dayanılmaz oluyordu.

İşletme okudum üniversitede ve iyi bir dereceyle mezun oldum.

Hasretime dayanamayacağını öne sürerek, "Seni yurtdışına gönderemem!" dedi babam. "Yüksek lisansını burada yapacaksın."

Yüksek lisans yapmasam da olurdu aslında. Ama itiraz etmek gibi bir seçeneğim yoktu. Ne derlerse onu yapmaya şartlandırılmıştım. Sonuç olarak onların istediği noktaya geleceğimi bildiğimden, olumsuz tek söz çıkmıyordu ağzımdan.

O yaşa gelmiştim, ama gerçek anlamda bir erkek arkadaşım bile olmamıştı. Üniversitede benimle beraber yüksek lisans yapan Mehmet'le tanışıncaya kadar da olmadı.

Yakışıklıydı Mehmet, zekiydi, başarılıydı. Çevresini saran onca hayranına karşın, bütün ilgisi benim üzerimde yoğunlaşıyordu. İtiraf etmeliyim ki, ben de kayıtsız değildim ona karşı.

Çalışmalarımızın yoğun olduğu bir günün akşamında, üniversiteden çıkarken yanıma geldi Mehmet.

"Aramızdaki adı konmamış beraberliğe kimlik kazandırmanın zamanı gelmedi mi sence de?" dedi.

İki ay boyunca, kimselere sezdirmeden paylaştık duygularımızı. İyi anlaşıyorduk. Deneyimsiz olduğum için kesin tanı koyamasam da, seviyordum galiba onu.

Tezimizi kürsüye teslim ettiğimiz gün, "Evlenmek istiyorum seninle" dedi Mehmet.

Ürktüm. Ne diyeceğimi bilemedim.

"Ailem" dedim. "Babam..." dedim ardından. "Onların izni olmadan..."

Gözlerinin içine kadar güldü Mehmet.

"Merak etme sen" dedi. "Hallederiz..."

Halledemedi ne yazık ki!

Beni resmen istemeye gelmeden, babaların bir ön görüşme yapmasının doğru olacağını düşünmüş Mehmet'in ailesi. Ve Mehmet'in babası benim babamın işyerine gitmiş, kendini tanıtmış. Münasip bir lisanla derdini anlatmaya kalktığında ise kıyamet kopmuş!

"Siz hangi cüretle benim kızımı istiyorsunuz!" diye hop oturup hop kalkmış babam. Kovmaktan beter etmiş adamcağızı.

Bu şartlarda, aramızdaki kısa soluklu beraberliğin

yürüyemeyeceği belli olmuştu. Yüksek lisans diplomalarımızı aldığımız gün Mehmet'le yollarımızı ayırdık.

Yabancı ortaklı bir şirkette çalışmaya başladım. İyi gidiyordu her şey. Babamın, benim için uygun gördüğü damat adayını açıklamasına kadar...

Cevdet, babamın işyerinden arkadaşı Mümtaz Bey'in oğluydu. Küçük bir şirkette muhasebeci olarak çalışıyordu.

Asla küçümsediğim ya da kariyerlerimiz arasındaki farkı önemsediğimden değil; oğlanın tipi itici gelmişti bana. İlk görüş önemlidir derler ya... Damat adayımı ilk gördüğümde, bırakın kanımın kaynamasını, tepeden tırnağa dondum kaldım diyebilirim.

Ne desem nafileydi. Babam, Cevdet'le beni evlendirmeyi kafasına koymuştu bir kere.

Evlendik...

Önyargılarımı bir yana koyup, kocama ısınmaya çalışıyordum. İlk zamanlar olumluydu düşüncelerim. Umduğumdan iyi bir koca tablosu çiziyordu Cevdet. Anlayışlıydı, nazikti. Benim gibi aşktan meşkten umudunu kesmiş biri için de fazlasına gerek yoktu zaten.

Birinci yılın sonunda oğlumuz doğdu: Mert! Bütün dünyam o olmuştu artık. Mutluydum.

Ancak Mert'in üçüncü doğum gününü kutlarken, beklenmedik bir şokla sarsıldım:

Benim halim selim, sakin yapılı, başını kaldırıp da kimselere bakmayan mazbut kocam, ihanet ediyordu bana! Saklamıyordu da üstelik...

Hiç utanıp sıkılmadan, çalıştığı yerdeki genç bir sekreter kıza gönlünün düştüğünü itiraf etti.

"Boşanalım" dedim ilk tepki olarak.

"Tamam" dedi.

Evliliğini bir an önce bitirip sevgilisiyle özgürce beraber olmaya can atıyor gibiydi.

Uzatıp söndürmenin anlamı yoktu, bu işi hemen noktalamalıydım!

Ancak, durumu bizimkilere anlattığımda, beklediğim tepkiyi ve desteği alamadım ne yazık ki.

"Madem ihanet söz konusu, bırak çık!" demelerini beklerken, "Ne var bunda?" diye omuz silkti babam. "Olur böyle şeyler. Genç adam! Bir hatadır yapmış. Erkeğin elinin kiridir; yıkar, temizlenir."

Annem de farklı bir bakış açısıyla, babamın gençliğinde yediği nanelere atıfta bulunarak, canıma okumaktan geri kalmadı:

"Aman kızım, fevri karar verme! Bu erkeklerin hepsi böyledir. Hem sen ne düşünüyorsun ki? Ne halt ederse etsin, nikâhı sende ya!"

Evet, annem de, babam da ayrılmamıza şiddetle karşı çıkmışlardı. İlk kez dinlemedim onları. Cevdet'le aramızda anlaşarak, tek celsede boşandık.

Boşanma haberini aldıklarında kıyametler koptu.

"Benim Beyza adında bir kızım yok artık!" diyerek tek kalemde silip attı beni babam. Annemse, az da olsa bana destek vereceğine, babamın suyuna gitmeyi tercih etti.

Sonuç olarak, maddi manevi bütün desteğini çekti ailem. Görüşmediler benimle. Telefonlarıma çıkmadılar.

Hayat mücadelesinde tek başımaydım artık. Tek başıma, özgür ve başarmaya kararlı...

İlk iş, oturduğumuz evi öylece Cevdet'e bırakıp, site

içinde daha mütevazı bir apartman dairesine taşındık oğlumla.

İşim, oğlum, yeni evimiz... Çarçabuk ayak uydurmuştuk yeni şartlara. Sitedeki anaokuluna yazdırdım Mert'i. Sabah işe giderken önce onu yuvaya bırakıyor, akşam dönüşte alıyordum. Ana oğul, iki kişilik dünyamızda mutluyduk kendimizce...

Okuluna çok iyi uyum sağlamıştı oğlum. Öğretmenleri öve öve bitiremiyorlardı oğlumu. Özellikle de resim öğretmeni!

Emre Bey, sanatseverlerin yakından tanıdığı, pek çok galeride sergi açmış bir ressamdı aslında. Bizimle aynı sitede oturuyordu. Anaokulu yöneticilerinin ricasını kırmamış, yuvadaki miniklere ilk "çizgi ve renk" sevgisini aşılamak üzere, günün birkaç saatini burada geçiriyordu.

Mert'i almaya gittiğim bir akşamüstü, "Ben de sizi arayacaktım" dedi. "Mert, resim konusunda olağanüstü yeteneklere sahip bir çocuk. Özel çalışmalar yaptırıyorum ona. Daha bu yaşta, iç dünyasını kâğıt üzerine yansıtmayı başarıyor. Yaptığı resimlerde sevinçleri, sevgileri ya da ürküntüleri dile geliyor adeta."

Oğluma karşı olan sorumluluklarımı yeterince yerine getirip getiremediğimi sorguladığım ve içten içe eziklik hissettiğim bir dönemde duyduğum bu sözler, ilaç gibi gelmişti bana.

Kendine keyifli bir uğraş bulmuştu yavrum. Yuvadan eve döndüğünde de, devamlı resim yapar olmuştu.

"Minik ressamım benim!" diyerek kucakladığımda, gururla başını dikleştirip, "Ben de büyüyünce Emre öğretmenim gibi ressam olacağım" diyordu.

Bu arada, Emre'yle samimiyeti ilerletmiştik. Anaokuluna yalnızca oğlumu almak için değil, yakışıklı resim öğretmenimizle sohbet edebilmek için de gidiyordum artık.

Emre, Mert ve ben... Mutluluk saçan bir üçlü oluşturmuştuk. Garip duygular içindeydim. Gençlikte yaşanmış ufak tefek maceraları saymazsak, ilk kez bir şeyler kıpırdanıyordu yüreğimde. Kendi kendime bile itiraf edemiyordum ama, Emre'ye âşık olmuştum galiba.

Kısa sürede epey yol almıştık. Evlenmekten söz ediyordu Emre.

Kararsızdım. Tek düşüncem Mert'ti.

Ama neden olmasındı? Emre'yi benden önce Mert benimsememiş miydi? Eğer evlenirsek, hiç değilse "üvey baba" bunalımı yaşamayacaktı oğlum.

Ne var ki rahat bırakmadılar bizi. Annem, babam ve eski kocam Cevdet, Emre'yle aramızdaki ilişkiyi öğrenince, tozu dumana kattılar.

Emre'nin varlığını Mert'ten öğrenmişti Cevdet. Aldığı bomba havadisi annemle babama yetiştirmeyi de görev bildi haliyle.

Oğlum, tabii ki bizi ispiyonlamamıştı. Çocuk masumiyetiyle Emre öğretmenini, yaptığı resimlerin nasıl beğenildiğini, arada hep beraber bir yerlere gittiğimizi anlatmıştı yalnızca.

Cevdet'in ilk eylemi, Mert'i benden koparmaya çalışmak oldu. Yaptığı zehir zemberek telefon konuşmasında, "Dava açacağım" diyordu. "Düzgün bir yaşantısı olmayan, ahlaken düşük bir kadının yanında yaşayamaz benim oğlum!"

Kendisinin, sevgilisiyle nikâhsız bir beraberlik sürdürdüğünden söz etmiyordu ama. Oysa biz evlenme planları yapıyorduk.

Durumu açıklamak, kendimi temize çıkarmak için annemi de, babamı da defalarca aradım. Telefonlarını açmadılar.

Ailem tarafından bu derece dışlanacak ne yapmıştım ben?

Emre dışında, beni olduğum gibi kabullenip yanımda duran iki kişi daha vardı: Nalan ve Fehmi. Karıkoca, ikisi de benimle aynı şirkette çalışıyordu. Her şeyimi paylaşıyordum Nalan'la. Samimiyetle içimi döktüğüm tek dostumdu. Fehmi de gayet efendi, evine, karısına düşkün, düzgün bir adamdı.

Kaç kez evlerinde yemeğe çağırmışlardı. Mert'i alıp gitmiştim. Bir seferinde Emre de bize katılmış, hep beraber kahvaltıya çıkmıştık.

Cumartesi sabah Nalan'ı arayıp, kocasıyla beraber akşam yemeğine davet ettim. Son zamanlarda çektiğim sıkıntıları oturup konuşmaya, dertleşmeye ihtiyacım olduğunu bildiğinden, hemen kabul etti teklifimi.

Yalnızdım, hafta sonları babasına gidiyordu Mert. Mutfağa girip akşam saatlerine kadar değişik ağız tatları hazırladım konuklarıma. Sofrayı kurdum, beklemeye başladım.

Telefon çaldı o sıra. Baktım, Fehmi'nin numarasıydı.

"Maalesef gelemiyoruz Beyza" dedi. "Nalan'ın migreni tuttu, yorgan döşek yatıyor. Ama bir emaneti var. Kapıdan uğrayıp bırakacağım sana."

Geldi. Elinde kocaman bir çiçek buketiyle.

Kapıdan verip gidecek diye beklerken...

"Ne o?" dedi. "Karım gelmedi diye içeri almayacak mısın beni?"

"Olur mu hiç! Geç otur istersen" dedim şaşkınlıkla.

İçeri girip teklifsizce yerleşti koltuğa.

Her zamankinden farklı bir Fehmi vardı karşımda. Bıçkın tavırlı, hatta küstah ve yılışık...

"Ne yemekler yaptın kim bilir" diye arsızca güldü. "Nalan yok diye aç mı bırakacaksın beni? Bir tabak bir şeyler hazırla da, emeğin boşa gitmesin bari."

Çaresiz, mutfağa doğru yürüdüm. Büyükçe bir tabağa zeytinyağlılardan birer kaşık koyup arkama dönüyordum ki... ensemde Fehmi'nin soluğunu hissettim!

Belime sarıldı önce. Sert bir hareketle elimdeki servis tabağını alıp tezgâhın üzerine koydu. Öpmeye çalıştı beni. Güçlükle sıyrıldım kollarından.

"Buraya geldiğimden Nalan'ın haberi yok" dedi. "Arkadaşlarımla buluşacağım dedim ona. Anlayacağın, sen ve ben baş başayız bu gece."

"Deli misin sen? Hiç utanma yok mu sende?" diyerek var gücümle ittim. "Hemen çık git bu evden!" diye bağırdım.

"Ayıp ediyorsun" dedi bütün küstahlığıyla. "Emre'ye var da bize yok mu?"

Bir kez daha üstüme doğru hamle yapınca kaçmaya çalıştım önce. Kolumu dirsekten geriye kıvırıp kendine doğru çekti beni.

Korunma içgüdüsüyle sürahiyi kaptığım gibi, tüm gücümle kafasına indiriverdim. Tuz buz oldu sürahi. Fehmi ise yerde kıpırtısız, öylece yatıyordu.

Paniğe kapılmıştım. Emre'yi aradım hemen. Geldi...

"Ölmüş bu!" dedi. "Anahtarı al, benim evime git. Ben hallederim."

"Polise haber versek?" diyecek oldum.

"Hayır!" dedi kesin bir ifadeyle. "Dedim ya, halledeceğim ben."

Meğer bu tür temizlik işlerini halleden, özel mafya grupları varmış. Cinayetten sonra cesedi yok edip, olay mahallini delil bırakmayacak şekilde temizliyorlarmış.

Ertesi sabah onları bulmuş Emre. Cesedi parçalara ayırıp bavula koymuş adamlar. Evi de kriminal yönden hiçbir delil ve zerrece kan izi bırakmadan temizlemişler. Cesedin bulunduğu bavulu ise, kilometrelerce ötede bir dereye atmışlar.

Temizlik işinin ardından, dikkat çekmemek için eve döndüm. Bitiktim, perişandım...

Fehmi eve gitmeyince, tırım tırım kocasını aramaya başlamış Nalan. Önce, o gece buluşacağını söylediği arkadaşlarını aramış. Onlardan sonuç alamayınca polise gitmiş.

Sonrası, tam bir çorap söküğü: Fehmi'nin o gün yaptığı telefon konuşmaları incelendiğinde, benim adım çıkmış ortaya.

"Kaçmamız gerek!" dedi Emre. Paniğe kapılmıştı o da.

İyi de, nereye ve nasıl kaçacaktık?

Onun da yolunu buldu Emre. Ancak bu kez bir başka yasadışı çetenin eline düşmek zorunda kaldık: Avuç dolusu para vererek sahte pasaportlar çıkardık. O akşam Yunanistan'a kaçıracaklardı bizi.

Günlerdir sahte kimlikle, Emre'nin tuttuğu eşyalı bir evde kalıyorduk. Mert hâlâ babasındaydı, o geceden sonra alamamıştım oğlumu. Burnumda tütüyordu, çok özlemiştim onu. Keşke gitmeden, son bir kez daha görebilseydim...

Tam her şey ayarlanmışken, annemin kalp krizi geçirip hastaneye kaldırıldığı haberi geldi. Ağabeyimdi arayan. Amerika'dan apar topar annemi görmeye gelmişti.

"Hayati tehlikesi var!" diyordu.

Gidemezdim, göremezdim... Yapabileceğim tek şey, telefonla konuşmaktı. Son bir kez sesini duymalıydım annemin...

Konuşmamızdan birkaç saat sonra evin etrafını çevirdi polis. Telefon sayesinde tespit etmişlerdi yerimizi.

Yakalandık!

Yeni adresimiz belli olmuştu: Ben kadın tutukevine, Emre de erkekler tarafına...

* * *

Bittim ben! Berbat bir durumdayım.

Mert babasının yanında. Olması gerektiği gibi...

Annem, babam, ağabeyim tamamen koptular benden. Görüşe gelmiyorlar, arayıp sormuyorlar. Hepsinden vazgeçtim, çocuğumu getirmiyorlar bana!

Geçenlerde postadan bir zarf çıktı. Mert'in, gittiği yeni anaokulunda yaptığı bir resmi göndermiş Cevdet.

Baba ve çocuk el ele, rengârenk çiçeklerin arasındalar. Diğer tarafta karanlık bir yer... Tam ortasında şeytanla cadı arası bir yaratık!

Bir de not eklemiş Cevdet:

Okuldaki psikolog, "Çocuğunuz, içinde bulunduğunuz durumdan olumsuz etkileniyor. Kendisiyle konuştum, annesinden nefret ediyor" demiş.

Ne kadarına inanacağımı bilemedim.

Oğlumun hangi duygular içinde olduğunu tahmin edemiyorum. Ama Cevdet'in, beni daha çok üzmek için bu resmi gönderdiğinden eminim. Böyle intikam alıyor benden...

* * *

Duruşmalarda giyim kuşam ve davranış yönünden "iyi hal" sergileyen tutukluların cezasında indirim yapabiliyormuş hâkim.

Böyle şeylerle işim olmaz benim! İyi hal bir yana, devamlı uyarı cezası alıyorum ben.

Daha ilk geldiğim gün, ayağımın tozuyla, arıza çıkardım koğuşta. Televizyon haberlerinden izlemişler bizi. Coşkulu (!) bir karşılama yaptılar bana.

"Televizyonda güzel bir fular vardı boynunda" dedi kadınlardan biri. "Nerede o?"

"Kıçıma soktum" dedim.

Bir diğeri, üstle başla, fularla takıyla ilgilenmenin ötesine geçti.

"Yanındaki kimdi?" diye pat diye soruverdi. "Sevgilin miydi, kocan mı?"

"Sana ne ulan?" dememle kadına dalmam bir oldu. Zor aldılar elimden.

Geçen hafta, duruşma için mahkemeye gidecektik. Mahkeme günü kimin davası varsa, hepsi birden cezaevi arabasına doluşup, cümbür cemaat gidiyor mahkemeye.

Farklı bir kelepçe sistemi uygulanıyor burada. İki elin arkadan kelepçelenmiyor; yanındaki tutukluyla beraber kelepçeleniyorsun! Birinin sağ, diğerinin sol bileği aynı kelepçeye hapsoluyor.

Cezaevi arabasının tepeye yakın bir yerinde demir parmaklıklı küçük bir penceresi var. Oradan dışarıyı görmeye çalışıyor insanlar. Ne görebileceklerse...

İşin ilginç yanı, biri dışarıyı görmek isteyip de ayağa kalkarsa, kelepçe arkadaşının da kalkması gerekiyor. Ya hep ya hiç misali.

Bir avuç "dışarısı"nı göreyim diye, kalkmaya hiç niyetim yoktu doğrusu. Ama yanımdaki hatun pek hevesli görünüyordu. Ayağa fırlamasıyla, kelepçeli kolumun havada asılı kalması bir oldu.

Bu kadarla kalsa iyi, "Kalk, kalk!" diye çekiştiriyordu bir de beni.

Zaten burnumdan soluyordum...

"Otur oturduğun yere!" diye bağırarak çektim elimi.

İster istemez tahta sıraya yığıldı kaldı.

Şikâyet etmiş sonradan beni. Oradakileri de şahit göstermiş.

Çok umurumdu...

Cezaevi raporum kötüydü zaten. Cillop gibi bir uyarı cezası daha aldım bu sayede.

İyi hal olsa ne olur, olmasa ne?

Ağırlaştırılmış müebbet hapisle yargılanıyorum ben. Avukatım falan da yok. Barodan atanan bir avukatla götürüyoruz işi.

Beni hayata bağlayan, incecik, koptu kopacak bir ip var: Emre'den gelen mektuplar!

Ama çok iyi biliyorum ki, bu küçük avuntunun da sonu gelecek.

Birkaç yıla kalmaz, çıkar Emre. Cinayeti işleyen o değil çünkü, benim!

Ne kadar severse sevsin, yaşamının bundan sonrasını benim yolumu gözleyerek geçireceğini hiç sanmıyorum.

Geçmiş olsun Beyza Sultan!

Tek kişilik saltanat odanıza hoş geldiniz...

Tahliye sevinci

Dediğim çıktı, trafik suçundan tutuklu Mimoza kızımız tahliye oldu bugün.

"Sen daha geldiğim gün söylemiştin Yeter Abla, çok kalmazsın demiştin" diye boynuma sarılarak verdi müjdeyi.

Geldiğinin birinci ayındaki ilk mahkemede tahliye olamamıştı. Tespit raporu istemişler. Fren izi, kaç kilometre hızla gidiyormuş; falan filan...

Bugünkü mahkeme tahliye kararı almış. Cezası dört yıl aslında. Ama trafikteki suç oranı 1/8. Yattığı süre, iyi hal ve ilk suçu olduğu için, kalan sürenin de para cezasına çevrilmesiyle mutlu sona ulaşılmış.

Her tahliye, sevinç rüzgârları estiriyor koğuşlarda.

"Neden özgürlüğüne kavuşan ben değilim de o?" sorgulaması yok!

Onun mutluluğundan pay çıkarılarak, "Bir kişi daha çekip gidiyor buralardan" sevinci paylaşılıyor.

Yılbaşına on gün kaldı. Yeni yıla evinde, sevdikleriyle beraber girecek Mimoza. Ne güzel! Bizlerse kaç yılbaşı daha buradayız, Allah bilir. Herkesin aklı fikri, olası bir *af*'ta.

Cezaevi yöneticileri, sosyal etkinlik kapsamında, arada bir ağzı laf yapan birilerini davet ederek bizlerle buluşturuyorlar. Biz de temiz pak giyinip, az çok süslenip püslenerek konferans salonunun koltuklarına yerleşiyoruz.

Geçenlerde bir konuşmacı geldi. Kişisel gelişim uzmanıymış. Bizim neyimizi geliştirecekse... Uzun uzun bir şeyler anlattı durdu.

Konuşmasını bitirip, "Bana sormak istediğiniz bir şey var mı?" dediğinde, "Af var mı af?" sesleri yükseldi salondan.

Arka sıralardan, kendinde tek başına konuşma cesareti bulan bir kader arkadaşımız, aynı soruyu yeniden sordu, ama bu kez allayıp pullayarak:

"Biz burada, dışarıda olanlardan pek haberdar olamıyoruz. Ama yüreklerimiz pır pır atıyor. Belki siz duymuşsunuzdur. Af var mı af? Hani bir zamanlar çıkardıkları gibi, genel af falan?"

Kısa bir bocalamanın ardından, kelimeleri dikkatle seçerek, "Benim bildiğim kadarıyla, şu sıralar böyle bir af konusu gündemde değil" dedi konuşmacı.

Yüzlerde beliren hayal kırıklığını görünce de, "Ama umudunuzu kaybetmeyin" diye devam etti. "Belli olmaz bu işler."

"Umut fakirin ekmeği!" diye boşa dememişler...

Biz de şöyle hepimizin yüzünü güldürecek kapsamlı bir af çıkacağına inanmıyoruz, ama sormadan da edemiyoruz...

Bizler için yapılan sosyal etkinlikler, yalnız konuşmacılarla sınırlı değil. Amatör ya da profesyonel tiyatro gruplarının sergilediği oyunları seyretme olanağı da bulabiliyoruz. Arada bir Türk sanat musikisi toplulukları tarafından verilen konserler da kulaklarımızın pasını siliyor. Yüreklere işleyen nağmeler, istek şarkıları...

Katıldığımız son etkinlik, bir bağlama grubunun konseriydi. Bir ağızdan katıldık türkülere. Ama bu kadarı yetmedi bizimkilere.

"9-8! 9-8!" diye bağırmaya başladılar.

Kırmadılar sağ olsunlar. Anadolu ezgilerinden Roman havalarına yumuşak bir geçiş yaparak, hareketlendirdiler ortamı. Ayakta, ama olduğu yerde 9-8 kıvırdı millet...

"Keşke yılbaşı gecesi de gelselerdi" dedi arka sıralardan biri.

Ancak o gece böyle bir lüksümüz olabileceğini hiç sanmıyorum. Kendi aramızda ne yapabilirsek artık...

Yılbaşı hazırlıkları
Ve Nimet...
Ve Kadir...

Burada elim kolum bağlı, kısılıp kaldım diye, çocuklarıma yılbaşı armağanı veremeyecek değildim ya...

Haftalar öncesinden başladım hazırlıklara. Memoş'a kalın, kışlık bir kazak ördüm önce. Pakize'ye de uçları püsküllü, yumuşacık pembe bir atkıyla aynı yünden bir hırka. Yarın postaya vereceğim, yılbaşından önce ellerinde olur umarım.

Yanımdaki odada kalan Nimet Hanım da oğluna, benim Memoş'a ördüğümle aynı renk, aynı model bir kazak ördü. Ama onunki Memoş'unkinden üç dört beden daha büyük. Çünkü oğlu 16 yaşında ve bizim yanı başımızdaki Çocuk ve Gençlik Cezaevi'nde yatıyor.

İç paralayıcı bir öyküsü var ana oğulun. Dayakla, şiddetle, işkenceyle örülü bir ömür sürmüşler buraya gelene dek.

"Kocam hiç elini kirletmezdi Yeter Abla, meşin kemerle döverdi beni" diye başlayarak anlattı hikâyesini Nimet. "Var gücüyle indirirdi kemeri, nereme rast gelirse artık. Hortum gibi kabarırdı kemerin şakladığı yerler. Suratıma geldiyse burnumdan kan boşalır, ağzım yüzüm yamulurdu. Her tarafım mosmor, gözlerim kan çanağı, öyle dolanırdım ortalıkta.

Çocuklarımın hatırına katlanırdım onca eziyete. Kızlar erkencecik evlenip gittiler, kurtardılar kendilerini. Bir Kadir kaldı elimize.

Bilirdim, içten içe kinlenirdi babasına Kadir. Dişlerini sıkar, yumruklarını sıkar, ama ses etmezdi.

O gece dayanamadı yavrum!

Gene körkütük sarhoş gelmişti eve Naci. Daha kapıdan girerken, elinin tersiyle itti beni. Boş bulunup kapaklanıverdim yere.

Yüzüme bile bakmadan, 'Tepsimi getir bana!' diyerek sedire attı kendini.

Tepsi dediği, bakır, yuvarlak bir sini. Nelerle donatılacağı baştan belli: beyazpeynir, kavun, rakı, su, buz. Yemeğini meyhane arkadaşlarıyla yiyip geldiğinden, bu kadarı yetiyordu ona. Ama dışarıda başladığı içki faslı, evde de aynı yoğunlukta devam ediyordu.

Tepsiyi getirirken, divanın köşesine iğreti oturmuş, babasının yüzüne öfkeyle bakan Kadir'e ilişti gözüm. Olacakları önceden bilmiş gibi, 'Sen içeri geç istersen' dedim.

'Ne fısıldaşıyorsunuz orda lan!' diye gürledi Naci.

Elimdeki tepsiyi aldığı gibi yere çaldı. Öfkesinden pancar gibi kıpkırmızı kesilmişti suratı. Gözlerinin beyazlarına kan oturmuş, saçı başı darmadağın, pantolonunun belinden kemerini çıkardı, saçlarımı eline doladı...

Bundan sonrasını ezberlemiştim artık. Yalvaran gözlerle baktım oğluma. Çekilsin gitsin, anasının yaşayacaklarını görmesin diye...

Hiç beklenmedik bir şey oldu o an. Kadir yerinden fırladığı gibi, babasının koluna yapıştı, bileğini büktü ve hedefinde benim olduğum kemeri kaptığı gibi var gücüyle Naci'nin üzerine indirmeye başladı.

Neye uğradığını şaşırmıştı Naci. Hem aldığı darbelerin hem de sarhoşluğunun etkisiyle yere yıkıldı. Yalvar yakar, oğlumun elinden kurtardım onu. Bıraksam, içinde birikmiş kin ve nefretin etkisiyle öldürebilirdi belki babasını.

Benim her günkü dayak yemiş halimle aynaya baktığımda gördüğüm tablonun bu geceki kahramanı kocam olmuştu.

Ancak çabuk toparlandı.

'Ben size gösteririm dünyanın kaç bucak olduğunu!' diye tehditler savurarak, küfrün bini bir para, kapıyı çarptı, çıktı.

Karakola gidip, 'Karımla oğlum bir olup beni dövdüler, az daha öldüreceklerdi' diye şikâyette bulunmuş.

Sonrası belli: Ben buraya, fidan gibi oğlum da Çocuk ve Gençlik Cezaevi'ne.

İnan, kendim için zerrece dertlenmiyorum ablacığım. Tek derdim oğlum! Bu yaşta buralara düşecek çocuk değildi o."

* * *

Bu sabah koğuştaki bütün kadınlar, buruk bir sevinci paylaştık: Nimet'in oğlu Kadir, bir karikatür yarışmasında ödül almış!

Ödülün öyküsü şöyle:

Psikologların haber vermesi üzerine, bir ilçe belediyesinin açtığı karikatür yarışmasına, cezaevinde yatan 16-18 yaş arası üç tutuklu genç de katılmış. İçlerinden yalnızca biri mansiyon almış: Kadir!

Gençlerden üçü de özgürlüğü anlatmış çizgilerinde.

Bir bakıma, çizgileriyle özgürleştirmişler hayallerini. Dışarıdaki hayata duyulan özlem; bedenleriyle içeride olsalar da, ruhlarının özgür oluşu...

Ödül aldığı karikatürün fotokopisini göndermiş Kadir:

Babasının, arkasında çömelerek omuzlarından tuttuğu bir çocuk... Demir parmaklıkların arasından, uçurduğu uçurtmayı, kanat çırpan kuşları, denizi, bulutları seyrediyor. Beyaz, mavi, yeşil... İç ferahlatıcı renklerin dans ettiği harika bir tablo. Bir de aradaki o demir parmaklıklar olmasa...

Yarışmaya katılan diğer arkadaşlarının çizdiği karikatürleri de göndermiş Kadir.

İlki son derece çarpıcı: Ahşap cezaevi bankının üzerinde oturup ayaklarını su dolu küçük bir leğene sokmuş bir çocuk. Yanı başında ayakta duran bir gardiyan. Yukarda demir parmaklıklı küçücük bir pencere.

Gözlerini kapatmış, güneşli bir günde, bir ağaç altında paçalarını sıyırıp, ayaklarını denize soktuğunu hayal ediyor çocuk.

Cezaevi tarafı, çocuk, gardiyan ve duvarlar siyah beyaz. Düşünce balonunun içi ise ağacın ve çimenlerin yeşili, gökyüzünün ve denizin mavisiyle rengârenk ve capcanlı.

Diğer karikatürde ise, duvar dibine çömelip oturmuş bir çocuğun düşünme balonunda kanat çırpan, özgürlük sembolü kuşlar var.

Ne yazık ki ödül törenine gidememiş Kadir. Cezaevi müdürü ile psikoloğu almış ödülünü. Ama bu kadarı bile yetmiş ona.

Nimet de gurur duyuyor oğluyla.

"Taş duvarların arasında, tektaş bir pırlantadır benim oğlum!" diyor.

* * *

Duyduğumuza göre cezaevi yönetimi demir parmaklıklar ardındaki tutuklu ve hükümlülerin yeni yıla olabildiğince iyi şartlarda girebilmesi için farklı projeler üretiyormuş.

Cezaevi savcımız kadın. Hem genç, güzel ve zarif, hem de son derece merhametli ve sevecen bir hanımefendi.

Savcı hanım yılbaşı gecesi için çocuk ve gençlere, diğer günlerden farklı bir yemek listesi sunmak istemiş. Ve gençlerin hoşuna gideceğini düşünerek, ünlü bir hamburger firmasını aramış.

"Burada 300 gencimiz var" demiş. "Onlar için bir hamburger, bir kutu kızarmış patates ve içecekten ibaret birer paket hazırlayabilir misiniz?" diye sormuş.

Her köşe başında şubesi olan o firma, "Hayır!" demiş. "Bu tür işlere ayrılmış bir ödeneğimiz yok!"

Televizyonlarda dizi film gibi seri reklamlar için bol keseden saçacak paranız var ama!

Hamburgerin yüzüne hasret kalmış 300 gence birer paket hazırlayıp gönderseniz, neyiniz eksilir ki?

Hayırdır, sevaptır; zekâtına say... demek saçmalık olur. Yabancı bir şirket çünkü. Ama firmanın Türkiye zincirindeki halkaların yönetim kadrosu bizden. İsteseler, pekâlâ çözüm yolu bulabilirlerdi.

İstemediler! Uğraşmaya değer görmediler.

Ne diyelim, Allah gönüllerine göre versin!

Ancak... Ne oldum değil, ne olacağım demeli insan. Ve

şu unutulmamalı ki, içeride yatanla dışarıdaki arasında yalnızca üç beş saniye fark var. Birkaç saniye içinde işleniyor o suçlar.

Kimse "Benim başıma gelmez" demesin!

Neyse ki, duyduğumuzda içimizi serinleten haberler de var. Türkiye'nin adı çok duyulan iki giyim merkezi, içerideki gençler için koliler dolusu giyecek göndermiş cezaevine. Eşofman, pantolon, kazak, iç çamaşırı, ayakkabı, terlik... aklınıza ne gelirse.

Dışarıdan gelen genç banyosunu yapıp tepeden tırnağa yepyeni giysilerle donatılıp öyle içeri sokuluyormuş. O iki firma sayesinde!

Onların ürünleri de televizyon reklamlarında boy gösteriyor. Ama yaptıkları bu hayır işini reklam vasıtası olarak kullanmıyorlar.

"Vicdan" kavramından yola çıkılarak atılan adımların reklamı olmaz çünkü...

Dört duvar arasında yılbaşı kutlaması

Acıları, hüzünleri, özlemleri ve okyanusa atılmış bir avuç kum misali, birbirinden cılız sevinçleriyle bir yılı daha geride bırakmak üzereyiz.

Üstlerine ölü toprağı serpilmiş gibi kabuklarına çekilmiş, kendi iç dünyalarında yaşamlarını sürdüren tutuklu ve hükümlü kadınların yüzlerinde, farklı bir ışıltı var bugün. Şartlar ne olursa olsun, yeni bir yıla "Merhaba" diyecek olmanın sevincini paylaşmaya hazırlanıyoruz.

Buraya gelinceye kadar yılbaşı kutlaması nedir bilmezdim. Yeni bir yıla kocamla, çocuklarımla neşe içinde "Hoş geldin" demek, hayal bile edemeyeceğim bir fanteziydi benim için. Dört yıldır buradayım ve bu benim beşinci yılbaşı kutlamam olacak.

Kutlama deyince, dört başı mamur bir eğlence değil tabii ki. Kırık dökük sevinçler, bir yanı gülerken diğer yanı ağlayan yüzler... Çekilen hasretlerin böyle özel günlerde daha da acımasızca kanattığı yaralar...

Bu sabah havalandırma faslını her zamankinden uzun tuttum. Avluda kaç tur attığımın farkında bile değildim. Kafamda bin bir düşünce, yüreğimde sessiz fırtınalar... Uzun uzun sohbet ettim çocuklarımla. Sımsıkı sarıldım onlara, kokularını içime çektim.

O anki ruh halimle odama kapanıp bütün geceyi orada tek başıma geçirmeyi tercih edebilirdim. Ama koğuş arkadaşlarım hazırlıklara başlamışlardı bile.

Hangisinin derdi benden azdı? Hem, böyle bir gecede Yeter Ablaları olmazsa, bir yanları eksik kalmaz mıydı?

Burada yemeklerimizi nadiren bir arada yeriz. Genellikle odalarımızda tek başımıza yemeyi tercih ediyoruz. Eski koğuş sisteminde olduğu gibi, her an bir arada değiliz yani. Apartman yaşantısı gibi bizimki.

Ama bu geceyi hep beraber paylaşacağız. Zeyno hariç!

Loğusa yatağında bebeğini öldürmüş Zeyno. Geldiği günden beri odasından dışarı adımını atmıyor. Bu gece de aramıza katılmayacağı baştan belli. Psikolojik yönden ağır yaralı. Tek kişilik bunalımlı dünyasında çekiyor çilesini...

Öncelikle odalarımızdaki masaları aşağıya, ortak kullanım alanımıza indirip birleştirdik. Masa örtüleri serdik üstlerine. Bazısı allı güllü basmadan, bazısı süslü püslü, nakışlı; bazısı muşambadan.

Sıra, üstlerine konacak yiyeceklere gelmişti. Ben çok önemsemiyorum, ama koğuş arkadaşlarım günlerdir kafa yoruyordu yemek işine.

Doğrusunu konuşmak gerekirse, buradaki tutuklu ve hükümlülere kaliteli ve iyi yemekler çıkıyor. Öğlenleri mutlaka etli ya da tavuklu yemekler, yanında pilav ya da makarna ve değişimli olarak yoğurt, meyve, cacık, salata.

Akşamları biraz hafif geçiyor. Yeşil mercimek, nohut,

bezelye, taze ve kuru fasulye, ıspanak ve patatesin başrolde olduğu sulu yemekler ve makarnalı, bulgur ya da pirinç pilavlı bir liste.

Devlet mahkûmlar için belli bir yemek parası veriyormuş. Eldeki bütçeyle bu kadar oluyor haliyle. Buna da şükür! Diyetisyenlerin hazırladığı sağlıklı bir beslenme programından yararlanıyoruz hiç değilse. Böylesi, hamburgercilerin çocuklarımızdan esirgediği *fast food*'lardan bin kat iyidir.

Bugün için farklı bir yol izlemiş yöneticiler. Daha mütevazı çizgideki akşam yemeğini öğlene çekmişler. Öğlen verilecek tavukla pilavı da akşama...

Öğlen yemeğinde salçalı bezelye, makarna ve meyve vardı. Makarnalarımızı yedik, meyveleri akşama sakladık. Bezelye yemeğine de el sürmedik. Suyunu süzüp tanelerini, kantinden ısmarladığımız mayonezle karıştırıp Rus salatası yaptı kızlar. Bir gün önceden ayırdıkları pilavlar da, marul yapraklarına sarılarak zeytinyağlı dolma kimliğine büründü.

Yılbaşı pastası, olmazsa olmazdı!

Bisküvi, kakaolu puding ve fındıkla harika bir pasta hazırladılar.

Soframız hazırdı, sıra bize gelmişti. Odalarımıza çıkıp üstümüzü değiştirdik. Bana kalsa hiç yeltenmezdim, ama ortama uyum sağlamam gerekiyordu.

Aşağı indiğimde Gonca, bizim kızlara sırayla fön çekiyordu. Herkes en güzel, en gösterişli elbisesini giymişti. Bense, hepsi siyah olan giysilerimin arasında bordo bir kazak bulup geçirivermiştim üstüme. Bu kadarı benim için yeter de artardı bile.

Beni görünce, "Kızlar, sıranızı Yeter Abla'ya verin!" dedi Gonca.

Karşı çıksam da dinletemedim. Benim kıvır kıvır saçlarım kısa sürede, omuzlarıma inen lepiskalara dönüşüverdi.

Kuaför kursuna gidiyor Gonca.

"Buradan çıkınca bir altın bileziğim olacak" diyor.

Ne zaman çıkacaksa artık...

Saçların ardından makyaja geldi sıra. Kaşlar, gözler, dudaklar... Gonca'nın marifetli ellerinden nasiplerini alıyorlardı.

Bana doğru bir hamle yapınca, şiddetle reddettim. Hatır için giyinip kuşanmıştım; kırmamış, saçıma fön bile çektirmiştim. Ama yeniyetme gelin adayları gibi süslenip püslenmek yakışmazdı bana.

Makyaj yaptırmayan bir ben varım, bir de bugün aramıza katılan İlknur. Mimoza'dan boşalan odaya yerleşti yeni koğuş arkadaşımız.

İlginç bir tip. Burada bulunmaktan ve halinden hiç şikâyetçi görünmüyor. Oysa anasını öldürmüş!

Buralarda bir çocuğunu, bir de anasını öldürene iyi gözle bakılmaz.

Üstümüze düşeni yapıp, "Hoş geldin", "Allah kurtarsın" dedik gerçi, ama dilimizde kaldı iyi dileklerimiz.

Masanın bir ucuna ilişmiş, olup bitenle ilgilenmeden, öylece oturuyor hanımefendi. Garip, iğreti bir gülüş var yüzünde. Buraya ilk geldiğim zamanki şaşkın ve çarpık gülüşlerimi hatırlatıyor bana.

Yılbaşı gecesi mapus damlarına düşmek zor iş aslında. Ama o, umursamaz bir tavırla, içinde bulunduğu ortamdan uzakta, kendi ıssız dünyasında yaşıyor sanki. Nasıl bir hikâyesi var, nasıl oldu da buralara düştü; sorgulayacak zaman değil. Onun da sırası gelecek elbet...

Gonca odasındaki televizyonu aşağıya indirmiş. Salonun köşesine yerleştirdiler. Şarkılar, türküler ve gözümüze ziyafet sofrası gibi görünen upuzun masamız...

Kelimenin tam anlamıyla "dertliler masası", paylaştığımız. Bir ağızdan söyleniyor hüzünlü şarkılar.

"Söyleyemem derdimi kimseye / Derman olmasın diye" derken, farklı acılarda titriyor yürekler.

"Ayrılık yarı ölmekmiş / O bir alevden gömlekmiş" koro halinde söyleniyor.

"Dönülmez akşamın ufkundayız vakit çok geç / Bu son fasıldır ey ömrüm nasıl geçersen geç" hüzünlerimizi zirveye taşıyor.

"Eller kadir kıymet bilmiyor anne / Senin kadar kimse sevmiyor anne" damardan etkiliyor hepimizi; gözyaşları sel olup akıyor.

"Anne" deyince, ister istemez İlknur'a dönüyor gözler.

Hayret! Tepkisizce, gülümseyerek dinliyor şarkıyı. Ama gözleri çakmak çakmak, bakışları uzaklarda bir yerleri tarıyor.

Hüzne yer yok bu gecede, olmamalı. Beyza daha neşeli bir şeyler bulmak için kanal değiştiriyor.

Saatler ilerledikçe ısınıyor hava. Şarkılar, türküler, oyun havaları... Sandalyenin üstüne çıkıp çılgınca bir 9-8 gösterisi yapıyor Gonca. Karşısında da onun küçük bir kopyası gibi duran Mine. Tempo tutarak, alkışlarla coşturuyorlar ana kızı.

Saat 12'yi vurduğunda bütün eğlence merkezlerinde,

bu anın beklendiği bütün evlerde keyif ve neşe tavan yapar ya...

Bizde tam tersi! Suspus oluveriyoruz hepimiz! Dile getirilemeyen, yüreklerdeki kor alevlerin orta yerinde, cayır cayır yanmaktayız.

Oğlum geliyor gözümün önüne... Memoşum!

Ve kızım... Benim biricik dert ortağım, Pakizem!

Sessizlik hâkim salona. Diğerleri de sevdikleriyle, sevenleriyle hasret gideriyorlar besbelli. Evlatlar, analar, babalar, kardeşler, kocalar, sevgililer...

"*Şimdi uzaklardasın / Gönül hicranla doldu*" şarkısını, bu kez de içimizden, yüreğimizin sesiyle haykırıyoruz.

Hoş geldin yeni yıl!

Ama kabul et ki, biz umudunu yitirmişler için, gelmesen de olurdu...

1 Ocak

Yeni yılın ilk günü bugün. Yepyeni, el değmemiş bir yıla uyanmanın bizler için pek farkı olmasa da, olmayacak umutlara kapılabiliyor insan. Gerçekleşmeyeceği baştan belli, hayalden öteye geçmeyecek istekler, dilekler...

İnsan dediğin, arsız yaratık. Başına vuruldukça bir köşeye sinip oturacağına, dikiliveriyor olumsuzlukların karşısına; kafa tutuyor.

Hayat işte böyle pişiriyor insanı. Şartlar ne olursa olsun ayakta kalmayı, dik durmayı öğretiyor.

Öyle olmasa, tek bir soluk alınabilir mi bu kavanoz dipli dünyada?

Sabah yoklaması ve kahvaltının ardından tam kadro çıktık havalandırmaya. Odasına kapanıp kendi tek kişilik dünyasında yaşamayı tercih eden Zeyno'yu saymazsak.

Bir gün önce, "Oğlum ne yapıyor acaba? Ne yemek verdiler gençlere? Yılbaşı kutlaması yapıyor mu onlar da?" diye içi içini yiyen Nimet'in de yüzü gülüyordu bu sabah. Gecikmeli de olsa, merak ettiği soruların yanıtlarını almıştı çünkü.

Evet, hamburger yiyememişti tutuklu gençler. Ama

bizim gibi onlara da tavuk-pilav verilmişti. Kutlamayı da gece değil, öğleden sonra yapmışlardı.

Hapishane havasını solumuş eski bir milletvekili, bütün masrafları üstlenerek süslü püslü birkaç pasta, meyve, kuruyemiş, meyve suyu göndermişti çocuklara. Bir özel okulun müzik grubu da, dört duvar arasındaki akranlarına konser vermişti. Gülmüşler, eğlenmişler, birkaç saatliğine de olsa karanlık dünyalarından sıyrılabilmişlerdi.

Soğuktu hava, ama güneşliydi. Birkaç tur attım avlunun çevresinde. Kızlarla söyleştik biraz. Tam içeriye girmeye niyetlenmiştim ki, İlknur'un, şu bizim anasının kanına girmiş koğuş arkadaşımızın ısrarlı bakışlarıyla irkildim. Yüzüne oturttuğu o garip gülümsemesiyle, "Neden herkesle konuşuyorsun da, beni es geçiyorsun?" der gibiydi.

Burnumu havaya dikip, "Nasıl, beğendin mi yeni mekânını?" diye laf attım gönülsüzce.

"Yaşanan mekânlar önemli değil" dedi. "Önemli olan, insanın kendini nerede hissettiği. Ben hâlâ evimizde, annemle beraber yaşadığımı varsayıyorum."

Haydaa! Duyan da anasının canına kıyanın başkası olduğunu düşünecek...

Ancak hakkını teslim etmek gerek! Konuşması son derece düzgün. Belli ki epey mürekkep yalamış.

"Ne iş yaparsın sen?" demekten kendimi alamadım.

"Emekli hemşireyim" dedi. "Erken emekli oldum. Anneme bakabilmek için."

İyiden iyiye meraklanmıştım. Ama fazla uzatmak istemedim. Altı üstü, ana katiliydi karşımdaki. Ne anlatırsa anlatsın, temize çıkaramazdı kendini.

Ağzının payını vermek ister gibi, lafı hiç dolandırmadan sordum:

"Neden öldürdün anneni?"

Dudağının kenarındaki çarpık gülüşün bir anda bütün yüzüne yayılışını hayretle izledim.

"O istedi!" dedi. "Kıramazdım onu."

Konuyu değiştirmek ister gibi, gözlerini yüzüme dikti.

"Ya siz?" dedi. "Siz neden buradasınız?"

Onunkine benzer bir gülümsemeyle yanıtladım:

"Kocamı öldürdüm ben. Nedenini soracak olursan... O istedi!"

Doğallığına kavuşmuş, normal sayılabilecek bir gülüşle, "Benimle bir kahveyi ya da çayı paylaşır mısınız?" diyerek odasına davet etti beni.

Davete icabet etmemek olmazdı! Yaptığı eylemi asla onaylamasam da... Kader arkadaşıydık ne de olsa!

On dakika sonra İlknur'un odasındaydım. Son derece düzenli ve temizdi odası. Penceredeki demir parmaklıklar olmasa, sıradan bir evin oturma odasında sanabilirdim kendimi.

Masanın yanındaki sandalyeye iliştim. Karşıma geçti İlknur da. Kahvelerimizi içerken, onun saklı dünyasında gezinmeye başladık...

İlknur

Ölen birinin yüzünde gülümseme varsa
mutlu ölmüştür o insan.
Annem gibi...

Parmakla gösterilecek denli mutlu bir ailenin tek çocuğuydum ben. Kıymetlisi, el üstünde tutulanı, biriciği, nuru...

"İlknur" demişler doğduğumda. İlk nurları olacağımı, gerisinin geleceğini düşünerek.

Annem, babam ve ben... Birbirine kenetlenmiş, herkesin imrenerek baktığı ideal aile!

Ne var ki uzun sürmemiş bu mutluluk tablosu. Ben henüz üç yaşındayken, trafik kazasında ölmüş babam.

Annem bankacıymış. Genç, güzel, alımlı bir kadın... Pek çok talibi çıkmış. Görücüler, aracılar kapısını aşındırmışlar, ama içeri girebilen olmamış.

Çalışmaya devam etmiş annem. Tümüyle bana adamış kendini. Ana kız, bir bütünün iki yarısı olmuşuz.

Aklım ermeye başladığında, kafama takılan bir lafı vardı annemin:

"Kızım benim ilk nurum değil, tek nurumdur. Onun için yapamayacağım hiçbir şey yoktur!"

Birbirimiz için atıyordu yüreklerimiz. Benim de ona olan sevgim, sıradan bir anne sevgisinin katbekat üzerindeydi. Tüm varlığımla bütünleşmiştim onunla. Onu mutlu görmek için olağanüstü bir gayretle çalışıyordum derslerime. Yüzünü güldürmek uğruna yapmayacağım şey yoktu.

Yalnızca bir konuda boynunu bükük koydum anamın: Benim tıp okumamı, doktor olmamı hayal ederdi hep. Olmadı, başaramadım; yetmedi puanım. Tıbba kardeş diye, yüksek hemşirelik bölümünü seçtim.

Dereceyle bitirdim üniversiteyi. Fakültede kalıp yüksek lisans yaptım. Böylesi daha çok mutlu ederdi annemi.

Yüksek lisans diplomamı aldığım yıl emekliye ayrıldı annem.

Sevinmiştim. Bunca yıl o bana bakmıştı, sıra bendeydi artık. Çalışıp çabalayacak, kraliçeler gibi yaşatacaktım anamı.

Benim de pek çok talibim çıkmıştı. Elimin tersiyle ittim hepsini. Kızıyordu annem bana, evlenmemden yanaydı.

"Beni düşünme, başımın çaresine bakarım ben" diyordu.

Onu tek başına bırakıp gitmeyi düşünemiyordum bile. Evlenince annemle beraber oturabileceğimizi söyleyen adaylara da bir türlü kanım ısınmamıştı.

Umurumda değildi. "Evde kalmış kız kurusu" olarak anılmak, benim kendi tercihimdi.

İki kişilik dünyamızda olabildiğince mutluyduk biz. Tatillerde turlara katılıyor, seyahat keyfini paylaşıyorduk anneciğimle. Sinemalar, tiyatrolar, konserler...

Okumayı çok seviyorduk ikimiz de. Klasikler, yerli ve yabancı yazarların yeni çıkmış kitapları elimizden düşmüyordu. İzlenimlerimizi, yorumlarımızı paylaşmak başlı başına bir keyifti.

Ne yazık ki uzun sürmedi bu pembe tablo.

"Göğsümde sert bir yumru var" dediğinde, ilk muayenesini ben yaptım annemin.

Yumurta büyüklüğünde bir kitleydi göğsündeki. Nasıl olmuştu da bu derece büyüyünceye kadar fark etmemişti?

Çalıştığım hastaneye götürdüm hemen. Gereken tüm incelemeler; mamografi, ultrason; tahliller, muayeneler yapıldı.

Ve sonuç! Umduğumdan da kötüydü maalesef: Annemin göğsündeki kitle kötü huyluydu ve diğer göğsünde de daha küçük birkaç kitleye rastlanmıştı.

İki gün sonra ameliyata aldılar.

Ağır bir ameliyattı. Yalnız kitleleri değil, iki göğsü birden, koltukaltlarındaki lenf bezlerine kadar kazınarak çıkarılmıştı.

Her gün benzerlerine sıkça rastladığım vakalardan biriydi. Ama hasta annem olunca, farklılaşıyordu işler.

Kararlıydım, ben bakacaktım ona. Kimselere teslim edemezdim anamı. Emekliliğimi istedim ve işten ayrıldım.

Kemoterapi, radyoterapi; ne gerekiyorsa yapıldı. Ancak metastaz yapmıştı uğursuz hastalık. Bedenindeki en can alıcı noktalara yerleşmiş, yayıldıkça yayılıyordu. Karaciğer, mide; ardından da akciğerler...

Doktor arkadaşlarım tıbbın tüm olanaklarını kullanıyorlardı. Ama özellikle sol akciğerdeki olay, uygulanan tedaviyle dalga geçer gibi, sinsice ilerliyordu.

Ben işin farkındaydım da, anneme sezdirmemeye çalışıyordum.

Kemoterapiden sonra saçları dökülmüştü, kel kalmıştı anacığım. Aldırmaz görünüyordu, ama aynaya bakıp bakıp dertlendiğinin farkındaydım.

Eski saçıyla aynı renkte, aynı uzunlukta bir peruk alıp getirdim. Çocuklar gibi sevindi. Ama kullanamadı o peruğu. Dökülen saçlarının altındaki kafa derisi hassaslaşmıştı, canını acıtıyordu peruk.

Evin içinde tülbent bağlıyordu başına.

"Dışarı çıktığımızda, bir yerlere giderken takarım peruğu" diyordu.

Ama sonrasında ne bir yerlere gidebildik ne de o peruğu takabildi annem...

"İleri evredeki kanserli hastalar, her gün 100 gram kilo kaybeder" diye bir tespit vardır.

Doğruluğunu, bire bir yaşayarak görüyordum. İştah namına bir şey kalmamıştı, günden güne eriyordu annem.

İsyan ediyordum bazen. Kanser, yüzde yüz öldürücü bir hastalık değildi artık. Hastaneye gelip kemoterapi, radyoterapi her neyse, tedavi olan ve şifasına kavuşan öyle çok hasta tanımıştım ki... Şans işte; en kötü huylusu bize çatmıştı!

Sancılar içindeydi bütün bedeni. En güçlü ağrı kesicilerle ancak sakinleşebiliyordu.

İlk günlerde sakinleştiricileri yalnızca geceleri serumun içine katıyordum. Yetmemeye başladı. Acılar içinde kıvranıyordu anacığım.

Yemeyen, içmeyen, güçlükle konuşabilen, yaşamın dışına itilmiş bir insan haline gelmişti. Çok acı çekiyordu. Onun çektiği acıyı, aynen hissediyordum bedenimde.

Çaresizdim. Hiçbir şey gelmiyordu elimden.

"Şu seruma kattığın ilaçlar var ya" dedi bir seferinde, "dozunu biraz yüksek tutsan... Kurtarsan beni bu azaptan!"

Elimle ağzını kapatıp susturdum. Buruşup kalmış yanaklarından öptüm defalarca. Ellerini kokladım.

"Bir daha duymayayım!" dedim. "Olsa olsa şifa veririm ben sana..."

İstediğim şifayı veremiyordum ne yazık ki. Her geçen gün daha da kötüye gidiyordu annem.

Yatağımı onun yatağının yanına taşımıştım. Yüzüm ona dönük, bir iki saatlik tavşan uykusuyla, sabaha kadar nefesini dinliyordum annemin.

Epeydir ağızdan beslenemiyordu. Serum ve serumun içine kattığım renk renk ilaç ve vitamin takviyeleriyle kurtarıyorduk günü.

Soluk alması da zorlaşmıştı. Güçlükle konuşuyordu artık.

O akşam, zayıf ve hırıltılı bir sesle, "Bana bir meyve bıçağı getirsene" dedi.

"Ne yapacaksın?" dedim.

"Ben değil, sen..." dedi. "Boğazımı del, şöyle rahatça bir soluk alayım. En zoru da buymuş. Ne...fes ala...ma...mak."

Gitgide cılızlaşıyordu sesi. Yalvaran gözlerle bakıyordu bana. Son bir gayretle, içinden geçenleri heceleye heceleye anlatmaya çalıştı bana.

"İlknur... Biricik nurum benim! Yalvarırım kurtar beni bu eziyetten. İyileşme ihtimalim olmadığını biliyorsun. Bu iyiliği esirgeme benden. Günaha değil, sevaba gireceksin, inan. Hadi yavrum, yalvarıyorum sana..."

Ölmek isteyen, ölümü tek kurtuluş yolu olarak gören, can çekişir gibi; çok, ama çok acı çeken, çektiği acıların tesiriyle gözlerimin önünde kıvır kıvır kıvranan ve bu işkenceye son vermem için bana yalvaran, çaresiz bir insan vardı karşımda.

O insan benim annemdi!

Kararlılıkla doğrulup kalktım. Üç günlük ağrı kesiciyi en büyük boy enjektöre çekip seruma ekledim. Sonra da yaptığım sıradan bir işmiş gibi, yeniden annemin karşısına geçip oturdum.

Gülüyordu annem. Gözleriyle, dudaklarıyla; yüzünün her zerresiyle gülümsüyordu bana.

Elimi tuttu usulca.

"Sağ ol yavrum" dedi. "Bana en büyük iyiliği yaptın. Çok mutluyum şu anda. Sakın ha, arkamdan ağlayıp gözyaşı dökmeyesin! Gül, hep gül... Gülümseme eksik olmasın yüzünden."

Kesik kesik konuşuyordu. Gitgide cılızlaştı sesi.

Avucumun içindeki eli gevşedi...

Ve bitti!

Ötanazi yapmıştım anneme.

"İyi ve güzel ölüm" demek ötanazi.

Keşke böyle bir ölüm yerine; iyi, güzel ve sağlıklı bir yaşam sunabilseydim ona...

Olmadı, başaramadım.

İşte böyle Yeter Hanım... İki gündür yüzümdeki gülümsemeyi yadırgadığınızın farkındayım. Ama anlattığım gibi, ana vasiyeti!

* * *

Ne düşüneceğimi, ne diyeceğimi şaşırmıştım.

"İyi de" dedim, "her önüne gelen, acı çeken bir yakınını öldürmeye kalksa, ne olur bu dünyanın hali? Merak ettiğim bir nokta daha var: Bu yöntemle cinayet işleyen birinin cezasında indirim yapılıyor mu? Ötanazi dediğin eylemin diğer cinayetlerden ne farkı var?"

"Sırayla yanıtlayayım isterseniz" dedi İlknur.

Kafamdaki bütün soru işaretlerini birer birer çözerek anlatmaya koyuldu...

* * *

Ötanazi, hayattan umudu kesilen, tedavisi olanaksız hastanın ağrı ve acı çekmeden öldürülmesidir. Haklısınız, özel bir cinayet türü de diyebilirsiniz buna.

"Hekim destekli intihar" diye de anılır. Dünya üzerinde pek çok ülkede yasadışı bir uygulamadır.

Ancak, Amerika'nın pek çok eyaletinde, örneğin Washington, Oregon, Montana, Vermont'ta yasaldır. Bazı ülkelerde ise, yasal olmasa da, ötanazi uygulayan kişi cezaya çarptırılmaz.

Bize gelince...

5237 sayılı Türk Ceza Kanunu'na göre, hastaya ötanazi uygulayan fail, tasarlayarak (taammüden) adam öldürme hükümlerine göre yargılanır ve ağırlaştırılmış müebbet hapis cezasıyla cezalandırılır.

Böyle diyor kanunlar. Anlayacağınız, nasıl bir ceza alacağım baştan belli.

Müebbet hapis! Hem de ağırlaştırılmış.

Böyle olacağını baştan biliyordum. Ama anneme "Hayır" diyemezdim.

Ben ona hiç "Hayır" demedim ki!

Tek damla gözyaşı dökmedim arkasından.
Güldüm, gülümsedim...
Her gülüşümün bir gözyaşı olduğunu kimse bilmiyor.
Gülerken ağlıyorum ben, ağlarken gülenler gibi...

Böyle olmasını istemişti annem!
O ne dediyse, onu yaptım ben...

Yeni yıl, yeni kararlar

Yeni yıl, kırık dökük umutların yanında, yepyeni kararları da beraberinde getiriyor. Buradaki ilk dört yılım, kendimi acımasızca sorgulamakla, yaptıklarımın ve yapamadıklarımın muhasebesini yapmakla ve kahrolmakla geçti.

"Artık yeter!" diye isyan bayrağını çekti içimdeki Yeter. "Madem burada, bu şartlarda yaşamak zorundasın ve dört duvar arasından ne zaman çıkacağın belirsiz... Silkin ve kendine gel! En azından, dillerde dolanan *Yeter Abla* lakabını hak etmek için çaba göstermen gerek."

Burada, eğitim faaliyetleri kapsamında pek çok kurs ve atölye çalışması var. Okuma-yazma, dikiş-nakış, takı tasarımı, kuaförlük, deri-çanta-kemer ve mum yapımı. Hatta bilgisayar, resim, satranç, bağlama ve gitar kursları bile var.

Bizim Gonca, kuaförlük kursunun gözbebeği. Saç kesimi, fön çekme, boya... kısa sürede usta bir kuaför oldu çıktı başımıza. Kantinden saç boyası aldırıp koğuştaki arkadaşlarının saçlarını boyuyor.

Atölyelerde çalışanların hepsi, iş yaparken cezaevinde olduklarını bir nebze olsun unuttuklarını söylüyorlar.

"Tek başına zaman akmıyor be abla" diyor Gonca.

Sabah 8.30'da, cezaevinde değillermiş de dışardalarmış gibi işlerine gidip saat 15.30'da koğuşlarına dönüyorlar.

Çalışma hakları var üstelik. Sigortalılar ve para kazanıyorlar.

Çok sayıdaki seçenekler arasından dikiş kursunda karar kıldım ben. Yabancısı değildim bu işin. Çocukların pijamaları, pantolonları, gömlekleri benim elimden çıkardı hep.

Meslek edinmek gibi bir amacım yoktu. Buradan çıktığımda, onca yıl parmaklıklar ardında kalmış birine kim iş verirdi ki?

Gerçi büyük kuruluşların, belli oranda sabıkalı işçi kontenjanları olduğunu duyuyoruz. Ama alınan eleman sayısı o kadar az ki...

Düzen böyle: Hapishane sürecinden sonra, toplumsal hayata dönerken bedel ödemek zorundasın! İşlediğin suç nedeniyle damgalanmışsın bir kere. Asla silemezsin o damganın izini. Sıfırdan değil, sıfırın katbekat altından başlayacaksın yeni hayatına.

Yüzleşmem gereken gerçeklerin farkındaydım. Tek amacım, dışarısını düşünmeden, burada geçireceğim günlere farklı bir renk katmak ve oyalanmaktı. Yaptığım işin karşılığında hesabıma yatırılacak üç beş kuruş da çocuklarımın okul masraflarına katkı olurdu hiç değilse.

İlk gün, okula yeni başlayan çocukların heyecanıyla gittim atölyeye.

Birbirine paralel, okullardaki sıra düzenine benzer tarzda dizilmiş masalar; masaların üzerinde dikiş makineleri, bir köşede toplarca kumaş; dikilmiş ya da dikilmek üzere hazırlanmış giysiler.

Daha adımımı atar atmaz öyle çok şey öğrendim ki... Meğer pek çok giyim firması, buradaki tutuklu ve hükümlülere siparişle dikiş diktiriyormuş. Kadın ve erkek fabrika işçilerinin önlükleri, çeşit çeşit giysiler. Yanı sıra tekstil firmaları için nevresim ve çarşaf dikimi de yapılıyor burada.

İlk günümde fazla iş vermediler bana. Birkaç çarşaf kenarını makineye çektim yalnızca.

Dersi kaynatmaya çalışan öğrenciler gibiydim. Diğer masalardaki tutuklu ve hükümlülerdeydi gözüm. Kadınların arasında giyimine kuşamına özen gösterip iki dirhem bir çekirdek gelenler de vardı, kendini salıverenler de.

Makyaj yapmamıştı çoğu. Sağ çaprazımda oturan, başında kavak yelleri esen, her haliyle, "Aykırıyım ben!" diye haykıran kız ise, diğerlerinin açığını kapatmak istercesine, boya küpüne batmış gibi alabildiğine sürüp sürüştürmüştü.

Fıkır fıkır kaynıyordu kız, yerinde duramıyordu sanki. Ağzında pabuç kadar bir sakız; şarkılar, türküler gırla gidiyor.

İki kez uyardı atölye şefi:

"Ağzındaki sakızı at!"

"Sesini de kes! İşyeri burası. İçinden söyle şarkılarını..."

Öğlen arasında yemeklerimizi yerken, tepsisini alıp karşıma geçti bizim aykırı kızımız.

"Allah kurtarsın ablam!" diyerek teklifsizce yerleşti sandalyeye. "Akıllı uslu bir hatuna benziyorsun" dedi. "Ne halt ettin de buralara düştün sen?"

Yok artık! Bunca zamandır buradayım, böyle edepsizlik görmedim.

Onun lisanıyla konuşup, "Pılını pırtını topla, al voltanı!" demek vardı ya... Lanet şeytana deyip, ters ters bakmakla yetindim.

Ekşili köfte, makarna ve meyve vardı yemekte.

"Ekşili köfte fena değil" dedi kız. "Ama anamın köftesinin yerini tutmaz!"

"Ana" lafını duyunca, yumuşar gibi oldu yüreğim.

"Adın ne senin?" diye sordum.

"Yeliz" dedi. "Nüfus cüzdanımda Fatma yazıyor ama. İşin doğrusu, bizimkiler Fatma koymuşlar adımı. Söylesene güzel ablam, Yeliz dururken, yakışır mı bu ad bana? Kendi adımı kendim koydum anlayacağın."

Fatma, Yeliz; her ne ise, konuşmayı uzatmanın anlamı yoktu. Nedendir bilmem, sevmemiştim bu kızı, son derece itici gelmişti bana.

Aklımdan geçenleri okumuş gibi hınzırca güldü.

"İster anlat, ister anlatma; birinden öğrenirim ben nasılsa" dedi. "Kim bilir kimlerin canını yakmışsındır. Benim gibi havadar, içi dışı bir olanlardan değil, karda yürüyüp izini belli etmeyenlerden gelir ne gelirse... Konuş be ablam! Dök içini..."

Ben sustukça daha da coşkulu konuşuyordu.

"Neyse..." dedi sonunda. "Sus susabildiğin kadar ablacım. Ama istersen ben, seve seve konuşabilirim. Başımdan geçenleri anlatabilirim mesela. Merak etmiyor musun? Bu deli kız ne yaptı da buralara düştü diye... Ne dersin, anlatayım mı?"

Kararsız kaldım bir an. Hoşlanmamıştım kızdan. Hikâyesini de merak etmiyordum açıkçası.

"Fark etmez" dedim. "İster anlat, ister anlatma."

Karanlık bir tünelin ucunda yeşil ışık görmüş gibi parladı gözleri. Olayları yeniden yaşıyormuşçasına, heyecanla, iştahla anlatmaya koyuldu.

Hay dilim tutulsaydı da, "Anlat" demez olaydım!

Bugüne kadar pek çok hikâye dinledim. Anasını, kocasını, hatta bebesini öldürenlerin yürek burkan, tüyleri ürperten öykülerini... Hepsinde az çok mazur görülebilecek noktalar vardı. En azından bir pişmanlık belirtisi!

Ama bu kız kimselere benzemiyordu. Başından geçenleri ve yaptığı çarpık, akıl almaz eylemleri, marifetmiş gibi, küstahça ve edepsizce anlatıyordu...

Fatma ya da Yeliz

Şeytan bir kere girmeyegörsün insanın içine
Yaptırmayacağı iş yoktur sahibine...

Beş çocuklu bir ailenin dört numaralı çocuğu olarak, Aydın'ın bir köyünde doğmuşum ben. Annem, babam ve kardeşlerimin üçü hâlâ orada yaşarlar.

Celil Abimle ben, okuma ayağına yatarak kurtulduk o cendereden.

Bakmayın bizim köyden çıkma olduğumuza. Zekâmız parlaktır. Şehir çocuklarını cebimizden çıkarırız evvel Allah.

Önce abim büyük şehre attı kapağı. İşletme fakültesini kazanmıştı. Bir yıl sonra da ben...

Ziraat fakültesine girdim önce. Okula uğradığım yoktu, okumaya gönlüm olmadığı gibi. Devamsızlıktan sınıfta kaldım. Attılar beni okuldan.

Ertesi yıl yeniden girdim sınava. Dedim ya, zehir gibiyimdir! Bu kez de elimiz boş dönmedik: Alman filolojisini kazandım. Okulda Almancayı hatmettiğimden değil; Almanya'da yaşayan amcamın yanına gide gele öğrendiğim pratik Almanca sayesinde.

Abimle aynı evi paylaşıyorduk. Haytaydık ikimiz de. Ailemizin "asi" ve "mikrop" diye anılan arızalı parçalarıydık. Kafalarımız uyuşuyordu, şeytanlığa çalışıyordu beyinlerimiz. Ama şeytanlıkta, ben ondan bir adım daha öndeydim galiba.

Ailemizin olanakları kısıtlıydı. Bizim masraflarımızsa, her gün biraz daha artmaktaydı. Ek gelirler yaratmamız gerekiyordu.

Bir akşam televizyonda heyecanlı bir soygun filmi seyrederken, "Şöyle anlı şanlı bir soygun da biz yapsak!" diye takıldım abime.

"Neden olmasın?" diye sırıttı.

Öneriyi ilk ortaya atan bendim. Plan yapmak da bana düşüyordu haliyle.

Ufaktan başladık önce. Akşam saatlerinde, el ayak çekilirken henüz kapanmamış bakkallara, tekel bayilerine, büfelere uğrayıp günün hâsılatından pay alıyorduk. Tabii silah zoruyla!

Ne yapabilirdik? Gönüllü olarak çıkarıp vermiyorlardı ki...

Bu arada ufak ufak uyuşturucu işine de bulaşmıştık. Satıcı değildik henüz, yalnızca işimizi yaparken güç kazanmak amacıyla kullanıyorduk uyuşturucuyu.

O akşam önce kafaları çektik. Üstüne ikişer tane de mutluluk hapı... Kafalarımız hoştu. Gece on bir gibi dışarı çıkıp dolanmaya başladık.

Gündüzden yapmıştım planımı, sıra uygulamadaydı.

"Nöbetçi bir eczane bulalım" dedim abime.

Otobüse binip, cadde üzerinde açık eczane arandık. Epey dolandıktan sonra bulduk aradığımızı:

Kapısı ve ışıklarının tümü açık, ışıl ışıl bir eczane!

Bazı eczaneler nöbet gecelerinde, güvenlik önlemi olarak parmaklıklı kepengin arkasından verirler ilaçları. Öyle bir önlem de alınmamıştı burada.

Tek başınaydı eczacı. Masanın başına oturmuş müşteri bekliyordu. Kalfa, çırak, yardımcı... kimseler görünmüyordu ortalıkta. Hayallerimizde bile göremeyeceğimiz kadar müsaitti ortam.

İçeri girip kırmızı reçeteyle satılan uyuşturucu bir ilaç istedik.

Güler yüzlüydü eczacı. 30-35 yaşlarında, boylu boslu, yakışıklı...

"Reçetesiz veremeyiz" dedi kibarca.

"O zaman kasadaki hâsılatı alalım!" dedim ben.

"Hadi abicim" dedi abim de. "Uğraştırma bizi, uçlan paraları..."

Ne derece kararlı ve ciddi olduğumuzu anlamak ister gibi, ikimizi de tepeden tırnağa süzdü.

Çantamı açıp artık yanımda taşımayı alışkanlık haline getirdiğim bıçağımı çıkardım, yüzüne doğru salladım adamın.

"Korkma" dedim. "İş üstündeyken, gerektiğinde telefon kablolarını kesmeye falan yarıyor bu meret. Ama 'Yok' dersen, başka işlere de yarayabilir."

Abim de montunun cebinden çıkardığı tabancayı doğrulttu adama.

"Bir de bu var" dedi. "Hangisini tercih edersen artık...

İşin ciddiyetini kavramıştı eczacı. Yazarkasayı açtı, o günün hâsılatını kuruşuna kadar saydı avucumuza.

Bu kadar kolay hallolması, içimdeki şeytanı dürtmüştü.

"Bu küçücük kasayla avutamazsın bizi" diye diklendim. "Çelik kasan da vardır senin. Nerede o? İçeride mi?"

Arkaya, laboratuvar bölümüne doğru kaçamak bir bakış attı. Korku katsayısı beklediğimiz seviyeye ulaşmıştı. Ne desek yapacak kıvamdaydı kurbanımız.

Ancak, o sırada anacaddeden geçen polis arabası işleri bozdu.

"Polis!" dedi eczacı. "Alacağınızı aldınız. Başınızı daha fazla belaya sokmadan çekin gidin buradan."

Beni daha fazla hırslandırmaktan başka bir işe yaramamıştı bu sözler. Bıçağıma davrandım yeniden. Ama abim benden hızlı çıktı. Susturucu taktığı tabancasını çektiği gibi delik deşik etti adamı.

Hemen dışarı attık kendimizi ve son sürat uzaklaştık oradan.

İki ay geçti aradan.

Yakalanmadık. Geride hiçbir iz bırakmamıştık çünkü.

Ancak, bir başka iş üzerindeyken affedilmez bir hata yaptık...

O geceki adresimiz, orta ölçekli bir mahalle marketiydi. Yaşlıca bir adamdan başka kimse yoktu içeride. O da dükkânı kapatmak üzereydi.

Yöntem aynı: Kibarca, günlük hâsılatı çıkarıp vermesini rica ediyoruz. Direnir gibi olursa, bıçaklar, tabancalar fora...

Dişli çıktı adam!

"Bende kuru gürültüye pabuç bırakacak göz var mı!" diyerek dikildi karşımıza. "Şu, ayağımın altındaki düğme var ya... Emniyet alarmı! Bastığım anda yetişir güvenlik... Yaklaşmayın!"

Alamadık parayı. Ama elimiz boş, kös kös dönmeyi de yediremedik kendimize. Bende bıçak, abimde tabanca, kafalarımız hoş... Adamı öbür dünyaya yollamak için yarış halindeyiz.

Abim kolumdan tutup geri çekti beni.

İki el ateş sesi! Kendimizi hemen dışarı attık.

Tabana kuvvet...

Yaptığımız hata şuydu: Telaşa kapılıp adamın ölüp ölmediğine bakmamıştık. Yalnızca yaralanmış meğer.

Eşkâlimizi vermiş polise!

Haberi gazetede okuduk.

"Birkaç gün ortalıkta görünmeyelim" dedi abim.

Kaçtı, bir arkadaşının yanına sığındı.

Önce beni yakaladılar. Abim de benim yakalandığımı duyunca, silahıyla teslim olmak zorunda kaldı.

Karakollar, ifadeler, mahkemeler...

İlk duruşmaya giderken, ne kadar arıza bir yaratık olduğumu bir kez daha kanıtladım. Mermerşahi inceliğinde, yarı şeffaf bir kumaştan tulum düşünün... Her yanım ortada, çamaşırlarım görünüyor içimden.

Vermek istediğim mesaj belliydi: Kenar mahallenin boynu bükük kızı değilim ben! Sosyetik yosmalar nasıl giyiniyorsa, aynı tarzda giyinmek benim de hakkım!

On beş yıl verdiler bana.

Abime ise ağırlaştırılmış müebbet! Silahı çeken o ya...

Oysa her şeyi planlayan beyin bana aitti.

Haksızlığa gelemem!

Abim değil, kim olursa olsun, melanette ve şeytanlıkta kimse benim elime su dökemez!

Böyle biline...

Akrep

Çevremizde bu kadar çok AKREP varken
Gerçek akrepten korkmak niye?

Sabah atölyeye gitmeden önce havalandırmaya çıktım. Birkaç tur attım avlunun çevresinde. İki karışlık gökyüzümüzde kanat çırpan kuşları seyrettim bir süre.

Tam dönüp içeri girecekken, kapının ağzında durmuş, dışarı çıkmakla içeri kaçmak arasında kararsızca dikilen Zeyno'yu gördüm. Şu bizim, odasından dışarı adımını atmamakta direnen gariban kızımız.

Gariban diyoruz ama, loğusa yatağında bebeğini öldürmüş Zeyno. Bütün bildiğimiz bu. Geldiğinden beri hiçbirimizle tek kelime konuşmadı ki, ne olmuş, ne bitmiş öğrenelim...

Hapishane içinde ikinci bir hapis hayatı yaşıyor. Yılbaşı gecesi bile aramıza katılmadı. Sabah ve akşam yoklamaları dışında yüzünü gördüğümüz yok.

Ama nasıl olduysa, tek kişilik hücresinden çıkmış bu sabah. Ne var ki hali hal değil! Saçları darmadağın, üstü başı perişan. Kömür karası gözleri korkuyla bakıyor.

"İyi ettin buraya gelmekle" dedim. "Açık hava insanın ruhundaki tortuları temizler."

Duymadı bile beni ya da söylediklerim bir kulağından girip diğerinden çıktı. Bambaşka bir âlemde yaşıyor gibiydi. Panik halinde olduğunu görebiliyordum.

"Canını sıkacak bir şey mi oldu?" diye sordum.

"Sorma Yeter Abla" dedi. "Odamda akrep var. Siyah,

boğum boğum, kapkara bir akrep! Duramadım orada, öylece bırakıp kaçtım."

"Ben akrepten korkmam" dedim. "Gel odana çıkalım. Hiç merak etme, kuyruğundan tuttuğum gibi geldiği yere postalarız mendeburu."

Yatışır gibi oldu. Beraberce yukarıya, odasına çıktık.

Karyolanın altını, masanın, komodinin etrafını, dolabın içine kadar her yeri taradık beraberce. Tahmin ettiğim gibi, akrep falan yoktu ortalıkta. Ama renk vermedim.

"Sözünü ettiğin akrep gitmiş demek" diyerek son noktayı koyacaktım ki, korkuyla canhıraş bir çığlık attı Zeyno.

"İşte orada! Bak, bak... Görüyor musun? Kıskaçlarını geçireceği bir kurban arıyor kendine."

Karşı duvarda bir noktaya dikmişti gözlerini. Değil akrep, sinek bile yoktu gösterdiği yerde.

"Gel, biraz uzan sen" diyerek yatağa doğru sürükledim Zeyno'yu. "Merak etme, ben onu yakalar götürürüm" diye söz verdim.

Sakinleşmiş gibiydi. Ama gözlerindeki korku ifadesi tümüyle silinmemişti.

"Ya tekrar gelirse?" dedi sayıklar gibi. "Beni bırakmaz o! İntikamını almadan bırakmaz beni... Onun yüzünden buralara düştüm ben. Bana neler yaptığını bir bilsen..."

"Acelem olmasa yanında kalırdım" dedim. "Ama atölyeye gitmem gerekiyor. Sana söz; akşamüstü iş dönüşünde gene gelirim. Şu akrep hikâyesi neymiş, anlatırsın. Ama şimdi dinlenme zamanı. Gözlerini kapat, uyumaya çalış..."

Kapıyı çekip çıktım. Zeyno'nun anlatacaklarını dinlemek için, şimdiden sabırsızlanıyordum...

Zeyno

Nereye baksam o...
Akrep!
Bir taneydi önceleri
Gitgide çoğalıyorlar
Duvarlar, yerler silme akrep dolu
Ayaklarıma dolanıyorlar
Yüzümde, kollarımda, bacaklarımda...
Her yerde!
Neden hiç kimse umursamıyor onları?
Bir tek bana mı görünüyor bu uğursuz yaratıklar?

Ateşten devasa bir top, bir alev yumağı vardı sanki Harran Ovası'nın üzerinde. Gökyüzünün tüm sıcağı, kor ağızdan çıkan bir soluk gibi, uçsuz bucaksız topraklara, oradan da dalga dalga, Urfa'nın daracık sokaklarına yayılıyordu.

"Şu büyük baraj yapılalı beri" diye başlıyordu sohbetler, "eski fırın sıcağını unuttuk, hamamda yaşar olduk..."

Su gelince havanın nemi artmıştı haliyle. Yıllardır yöre insanının kanını kurutan kavurucu sıcak, yerini buhar üfleyen yeni bir canavara bırakmış gibiydi.

Uyandığımda terden sırılsıklamdım.

Gözlerimi araladım. Sabah olmamıştı henüz. Yeni yeni ışımaktaydı gün.

Mustafa'yı uyandırmamaya çalışarak, yaz boyunca

yattığımız, damın ortasında dörtayak üstüne kurulu karyoladan aşağı süzüldüm. Banyoya doğru yürüdüm usulca. Musluğu açtım; yüzüme, boynuma, kollarıma su çarptım.

Tüm ev halkı uykudaydı. Sessizce geri döndüm.

Ve... döşeğin üzerinde *o*'nu gördüm.

Yeryüzündeki yaratıkların belki de en çirkini; siyah, boğum boğum, kıskaçları avını ararcasına açılmış; kuyruğunun ucundaki, zehrini boşaltmaya hazır iğne Mustafa'ya yönelmiş, kaygan görünümlü, kocaman bir akrep!

"Mustafa!" diye çığlık attım.

Şöyle bir silkindi Mustafa, yarı beline kadar doğruldu. Önce bana baktı, garip bir sezgiyle başını çevirdi ardından. Göz göze geliverdi akreple.

Fırlayıp kalktı döşekten. İki adımda yanıma ulaştı, parmaklarını dudağına götürüp "Sus!" dedi.

Geri döndü, usul adımlarla damın karşı tarafına geçti. Kerpiç duvara dayalı tahta tokmağı kavradığı gibi, tüm gücüyle akrebin üzerine indiriverdi. Ardı ardına; bir daha, bir daha...

Sımsıkı yummuştum gözlerimi. İlkin sert kitin tabakasının ezilme sesini duydum; ardından daha yumuşak, daha iç bunaltıcı o etsi sesi...

Gözlerimi açtığımda, Mustafa akrebin leşini ateş küreğine almış, damdan aşağı fırlatmıştı bile. Ama bir gün önce serdiğim sakız beyazı çarşafın üzerinde kocaman, koyu kırmızı bir leke, meydan okurcasına, öylece durmaktaydı.

Tir tir titriyordum korkudan. Şefkatle saçlarımı okşadı Mustafa.

"Geçti" dedi. "Geçti..."

Hayır, geçmemişti, geçmezdi!

"Akrep öldürmek uğursuzluk getirir" derdi anneannem. "Öldürenden de, onun yedi kuşak yakınından da öcünü almadan rahat bırakmaz."

Kendine mukayyet olmalıydı Mustafa!

Yalnız o mu? Şeyhmus, ben; bu çatının altında yaşayan herkes...

Kaynanam avluya indiğinde, kocaman çamaşır leğeninin başında, kanlı çarşafı yıkıyordum ben. Ama ne yıkama! Tokmaklarla vurarak, tüm gücümle çitileyip ayaklarımla çiğneyerek, üzerine sodalı sular döküp duru suyla çalkalayarak, sonra da tekrar sodalı suya yatırarak... Evin içinde herkes, sabahın köründe yatağımızda bir akrebin öldüğünü öğrenmişti. Umurlarında bile olmamıştı, onlar için sıradan bir olaydı bu.

Hem, "akrebin öcü" de neyin nesiydi! Ohoo, öldürülen her akrep öcünü almaya kalksaydı...

Konuşulanların hiçbirini duyacak halde değildim. Leğenin çevresinde, "Ana, ana..." diye ilgimi dilenen Şeyhmusumu bile görmüyordu gözlerim.

Çarşaftaki o iğrenç lekeyi silebilsem, akrebin öfkesini, hıncını biraz olsun azaltabilir miydim acaba?

* * *

Mustafa'nın ölüm haberini getirdiklerinde, saçlarım terden yapış yapış, ayağımdaki şalvar sırılsıklam, yıkadığım çarşafı avludaki ipe asıyordum.

En küçük kaynım Seyit, ok gibi içeri daldı, "Ana, ana Mustafa ağamı kamyon çiğnedi!" diye haykırdı.

Tepkisiz, boş bakışlarla Seyit'in yüzüne baktım, baktım...

Ne bağırıp çağırdım ne de yerden yere attım kendimi. Başımdaki yemeniyi sıyırdığım gibi, yalınayak fırladım kapıdan, iki sokak aşağıdaki anamın evine doğru koşmaya başladım, ayaklarımın yarılmasına, kan revan içinde kalmasına aldırmadan.

Avlunun ortasında durdum.

"Ana, Mustafamı akrep soktu!" diye haykırdım.

Olduğum yere yığılıvermişim.

Çiçekli şalvarımı, al fistanımı soydu anam. Başımdan aşağı soğuk sular döktü.

Kara, kapkara bir fistan çıkardı sandığından. Kendi kocasının, babamın öldüğü gün giydiği fistanı...

Elleriyle giydirdi bana, "Vah benim kadersiz yavrum!" diye dövüne dövüne.

Sonra da elimden tutup kaynanamın evine geri götürdü beni.

Töreler böyleydi, koca evinde tutmalıydım yasımı. Ancak ondan sonra dönebilirdim baba evine.

Kırk gün yas tutuldu taziye evinde. Ağıtlar yakıldı, yazgının böylesine isyan edildi.

Bense, üzerimde kara fistanım, oturduğum köşeden hiç kalkmadan, gözlerim uzakta bir noktaya dikili, yaşamakla yaşamamak arasında bir nefes farkıyla, bu çatı altında bana biçilen süreyi doldurmaktaydım.

Saçma sapan şeyler anlatıyorlardı durmadan. Sözüm ona kocam, geri geri giden bir kamyonun altında kalmıştı!

Pöh! Kimse inandıramazdı beni buna. Bir tek ben biliyordum gerçeği: Olanların hepsi akrebin öcüydü!

Mustafamı akrep sokmuştu...

* * *

Mustafa'nın kırkıydı. Mevlitler okundu, fakire fukaraya yemek verildi; kapıya gelen hiç kimse boş çevrilmedi.

Yanımda oturuyordu anam.

"Zeyno'nun bu evdeki kısmeti bu kadarmış" dedi kaynanama. "İznin olursa, kızımı götürmeye geldim."

Gözlerini bana dikti kaynanam, ardından anama döndü.

"Bak bacım" dedi sesini alçaltarak. "Evime al fistanıyla gelen gelinimi, karalar içinde göndermeye gönlüm razı değil!"

Eğildi, anamın elini sıkıca tuttu.

"Hasan" diye fısıldadı. "Bizim Hasan'la baş göz edelim Zeyno'yu."

Benim heykel gibi kıpırtısız ve tepkisiz duruşumdan cesaret alarak, varlığımı umursamadan, rahatça konuşuyorlardı.

Şaşkındı anam. Ne diyeceğini bilemiyordu.

Yarattığı şaşkınlığın keyfini çıkarırcasına, anlamlı anlamlı başını salladı kaynanam.

"Böylesi hepimiz için daha hayırlı olmaz mı?"

Yaman kadındı vesselam!

Boşuna "Yedilerin Zehrası" dememişlerdi. Zehir gibi aklıyla yedi cihana yeterdi bu kadın!

Anamı da zayıf yanından yakalamayı becermişti sonunda...

Haklıydı kaynanam. Bu çözüm anamın da işine gelirdi.

Evde oğulları, gelinleri, torunları, henüz evlenmemiş kızları varken, kolu kanadı kırılmış, kucağında bebesi, gerisingeriye baba evine dönmüş dert yüklü bir Zeyno'yu avutmak hiç de kolay değildi doğrusu...

İyi de, kimse bana bir şey sormayacak mıydı?

"Zeyno ne der bu işe?" demeyecekler miydi?

Ya Hasan?

On sekizinde delikanlı beni, ağasının dul karısını alır da "karım" diye oturur muydu?

Otururdu! Anası kefildi oğluna.

Kendinden son derece emin, "Hele sen Zeyno'yu razı et, gerisini bana bırak" dedi anama.

Taziye kalabalığı yavaş yavaş dağılıyordu. Yanıma sokuldu anam. Elimi tuttu, kırk gündür üstünde otura otura bütünleştiğim minderden kaldırdı beni.

Beraberce, ağır ağır merdivenlerden yukarı çıktık. Mustafa'yla gerdeğe girdiğimiz, Şeyhmus'u ilk kez kucağıma aldığım, ağladığım, güldüğüm; sevincimi, hüznümü, tüm sırlarımı paylaştığım "gelin odası"na girdik.

Anam, gözleri yerde, "Bak Zeyno" dedi.

Sustu.

Söze nereden başlayacağını bilemiyordu.

"Kaynanan diyor ki..."

Sustu gene.

"Kaynanan..." diye yineledi korka korka. "Zehra Hanım, 'Zeyno'yla Hasan'ı everelim' diyor."

Sonunda söyleyebilmişti.

Benim yakıcı bakışlarımdan kaçmak istercesine öne eğdi başını, vereceğim yanıtı beklemeye başladı.

Ne "he" dedim anama ne de "yok."

Gözlerimi tavana diktim.

"Akrep burada!" diye mırıldandım. "Daha işi bitmemiş..."

* * *

Kara fistanımı çıkarıp, yeniden al bir fistan giydirdiler üstüme. Ellerime kınalar yaktılar. Halay çektiler etrafımda.

Ve... Hasan'la beni gerdeğe sokuverdiler!

İlk kez konuştum o gece. İlk kez *akrep*'siz sözler döküldü dudaklarımdan.

Elimde büyüyen, gencecik eski kaynıma, "Nasıl razı olabildin bu işe Hasan?" dedim. "Ya Ayşe? Onu da mı düşünmedin hiç?" diye hesap sordum.

Hasan yavuklusunu, Ayşesini bir tek bana anlatırdı. Bir ben bilirdim Hasan'ın Ayşe'ye, Ayşe'nin Hasan'a nasıl yanık olduğunu.

"Bilmez misin" diye başladı Hasan. "Bilmez misin ki anamın, ağalarımın önünde boynum kıldan incedir. Onlara karşı gelmem mümkün müydü?"

Haklıydı, aile meclisi karar vermişti bir kez! Değil yengesiyle evlenmek, namusun söz konusu olduğu yerde, birini öldürmesi bile istense, kayıtsız şartsız boyun eğmek zorundaydı Hasan.

Kimsenin suçu yoktu bu işte, töreler böyle istemişti. Kocası ölen gelin evden çıkarılmazdı. Koca evinin namusuydu o!

Hele ortada bekâr bir kayın varken... Kucağı bebeli bir gelinin kapı önüne konulması yakışık alır mıydı hiç? El âlem ne derdi sonra?..

Anası, ağaları, töreler bir yana; gene de bana ilişmedi Hasan. Bacı kardeş gibi konuşup dertleştik gece boyunca. Nasılsa gerdek sabahı bizden kanlı çarşaf bekleyen olmayacaktı...

* * *

Hasan'la benim için ikili bir yaşam başlamıştı: Ev halkının yanında karıkoca, odamıza çekildiğimizde bacı kardeş.

Her şey yolundaydı görünürde. Ama ben iyi değildim. İçine düştüğüm bunalımdan kurtulamıyordum bir türlü. Beni esir alan akrep korkusu, saplantı haline gelmişti.

Geceleri yatağımdan korkuyla fırlıyor, duvarın dibine serdiğimiz, birileri görüp de ayrı yattığımızı anlamasın diye erkenden topladığımız incecik şiltenin üzerine kıvrılmış uyuyan Hasan'ı sarsa sarsa uyandırıyor, uzaklarda hayali bir noktayı göstererek, "Akrep! Bak işte orada!" diye çığlıklar atıyordum.

Bir keresinde de minik Şeyhmus'u elimden zor aldılar. Çıldırmış gibiydim.

"Şeyhmus'un yüzünde akrepler geziniyor!" diye avaz avaz bağırıyor, bir elimle sıkı sıkı tuttuğum biricik yavrumun yumuk yanaklarına, ardı ardına tokatlar yağdırıyordum.

Elimde değildi, hükmedemiyordum kendime.

Kaynanamsa beni bu garip illetten kurtarmaya kararlıydı. Akla gelebilecek her yolu bir bir, sabırla deniyordu. Hocalar, muskalar, okutmalar...

Hepsi havaydı. Günden güne kötüleşiyordum.

Nöbetler halinde geliyordu krizlerim. Aynalara bile düşman olmuştum son zamanlarda. Yüzümde gezinen akrepleri görmemek için aynaya bakmıyordum.

Farkındaydım, evin içindeki herkes benim için bir şeyler yapma çabasındaydı. Ama tabii ki başrol kaynanam Zehra Sultan'a aitti.

Sonradan anlattı Hasan. Bana o ağır darbeyi indirdiği gece...

Hasan'ı bir köşeye çekmiş Zehra Ana.

"Bak oğul" demiş, "tez elden bir çocuk yapmalısın! Ancak yeni bir bebe avutur Zeyno'yu."

Gözlerini yere indirmiş Hasan.

"Biz daha karıkoca olamadık ana" demiş utana sıkıla.

Hop oturup hop kalkmış anası.

"Sen er değil misin yezidin oğlu!" diye üzerine yürümüş oğlunun. Ağzına ne geldiyse vermiş veriştirmiş.

Yavaş yavaş sakinleşmiş sonra. Bağırıp çağırarak bir yere varamayacağını anlamış olmalı ki, dilini yumuşatmış; uzun uzun nasihat vermiş oğluna. Onun beynine, yüreğine kendi doğrularını nakşedebilmek için tüm hünerini dökmüş ortaya.

Yalvarmış, yakarmış, başını göğsüne yaslayıp hüngür hüngür ağlamış. Ve sonunda, istediği kıvama getirmiş Hasan'ı.

"Hadi oğul, göreyim seni; ananın yüzünü kara çıkarmayasın!" diye sırtını sıvazladığında; büyümüş, olgunlaşmış, omuzlarına yüklenen sorumluluğun bilincinde, bambaşka bir Hasan varmış karşısında...

* * *

O gece odamıza çekildiğimizde, Hasan'ın gözlerinde yakaladığım garip parıltıyla irkildim. Ya söyledikleri...

"Bak Zeyno" diyordu Hasan, "bu yolun sonu yok! Sen

ağamı, ben de Ayşe'yi, aha şu kapının ardında bırakacağız."

Şaşkın şaşkın bakakaldım Hasan'ın yüzüne.

"Akrep burada!" diye korkuyla mırıldandım.

Güldü Hasan.

"Akrep falan yok!" dedi. "Burada yalnızca sen ve ben varız. İnadı bırak, kadınım olmanı istiyorum senden!"

Gençti Hasan, delikanlıydı, kanı kaynıyordu. Bu kadar dayanabilmişti besbelli.

Panik halindeydim! Hissedebiliyordum; çok yakınımdaydı akrep ve bu kez farklı bir eyleme hazırlanıyordu. Kendi iğrenç bedenini terk etmiş; yataklarda, duvarlarda, aynalarda gezinmesine son vermiş, yepyeni bir kalıp bularak Hasan'ın bedenine yerleşivermişti.

Ne yazık ki, onunla savaşacak gücüm kalmamıştı artık...

Kıskaçları Hasan'ın kolları, siyah yağlı bedeni Hasan'ın bedeni; koskocaman bir akrep üstüme çıkmış, beni eziyor, beni aşağılıyor, beni kendine tutsak ediyordu.

En sonunda zehrini bedenime akıtıverdi akrep.

Ben yitik, bir kez daha yenilmiş; akrep utkulu, bir kez daha öcünü almış, küstah, pervasız, alaycı...

Zeyno, Hasan'ın kadını... Hasan akrep... Akrep Hasan... Zeyno akrebin kölesi...

Akrep, ikimizin de efendisi!

* * *

Müjdeler olsundu: Zeyno yüklüydü!

Kaynanam anama, anam bütün komşulara, akrabalara duyurdu müjdeyi.

Hasan'ın da yüzü gülüyordu artık. Gerilerde bir yerde kalan Ayşe'yi bile unutmuş gibiydi. Yeni bir bebek, yeni bir umuttu hepsi için.

Ne olurdu ben de onların bu sevincini biraz olsun paylaşabilseydim... Sevinmek bir yana, eskisinden de beter içime kapanmış, gözlerim sabit bir noktaya dikili, suskun, küskün, bir köşeye çekilmiş, boş bir çuval misali, öylece oturuyordum.

Hasmımla dar bir kalıbın içinde hapsolmuş gibi hissediyordum kendimi. Onu yok etmek, ondan kurtulmak için bir şeyler yapmalıydım!

Yaptım da... Yüklü bedenimi merdivenlerden aşağı yuvarladım; yüreğimi kasıp kavuran nefretin odaklaştığı, günden güne büyüyen karnımı duvarlara vurdum; kan ter içinde, bitap kalıncaya kadar hoplayıp zıpladım...

Hepsi boşunaydı!

O bir şeyi tuttu mu bırakmayan kıskaçlar var ya, karnımın içine öyle bir kenetlenmişlerdi ki... Söküp atmayı beceremedim.

Sancım tutunca, haber versin diye Seyit'i göndermişler anama. Nasıl koştuğunu bilememiş zavallım...

Bir telaş, bir koşturma; doğurta doğurta artık ezberlenmiş hazırlıklar; ibrikle kaynatılıp leğene boşaltılan sular, temiz amerikanbezleri, pamuklar...

Anam, kaynanam, eltilerim, ebem... Hepsi başımdaydı. Bense sancıdan kıvır kıvır kıvranıyordum.

Anam alnımdan yüzüme, oradan da boynuma süzülen terleri siliyor; kaynanam, eltilerim, elektrik akımına tutulmuşçasına sarsıntılara teslim olmuş bedenimi sakinleştirmeye çalışıyorlardı.

Hayret ediyordu hepsi, hiç "ah" dememiştim! Doğuran diğer kadınlar gibi, avazım çıktığı kadar bağırmamıştım da... Ebe bile şaşırmıştı bu duruma.

"Ha gayret kızım, az kaldı" diye yüreklendirmenin ötesinde fazla bir iş düşmemişti yılların ebesine.

Dokuz aydır isteğim dışında ortak yaşam sürdürdüğüm yaratığı dışarı atmak için öylesine gayretliydim ki...

Hasan odanın kapısında, içeriden gelecek müjdeyi bekliyordu.

Ve... sonunda ilk çığlık!

Nur topu gibi bir erkek bebekten yaşama merhaba!

İlk kez baba oluyordu Hasan, deliye dönmüştü sevincinden.

Anasının coşkusu, onunkinden de baskındı. Az şey miydi, eve yeni bir "Mustafa" katılmıştı. Amcasının adıyla yaşayacak, minik bir Mustafa...

Getirip yanıma yatırdılar bebeği. Göstereceğim tepkiyi merakla bekliyorlardı.

Bakışlarımı minik Mustafa'ya diktim. Baktım, baktım... Sonra da başımı öte yana çevirip sımsıkı yumdum gözlerimi.

Allah kahretsindi! Nereden gelmişse gelmiş, uğursuz bir akrep yavrusu koynuma girivermişti...

* * *

Doğumdan sonra, iyiden iyiye çıldırmıştım. Sancı çekerken bir "ah" bile demeyen başkasıydı sanki.

Sıtma nöbetine tutulmuş gibi tepeden tırnağa zangır zangır titriyor, kendimi oradan oraya atarak, "Akrep... ak...rep" diye kesik kesik haykırıyordum.

Bebeğe süt vermeye de bir türlü razı edemiyorlardı beni. Sonunda anam bir kolumdan, kaynanam diğerinden tuttu; Hasan da açlık çığlıkları atan bebesini kucaklayıp bedenime yapıştırıverdi. Ana memesine öyle ulaşabildi körpecik.

Her şeyin düzeleceğini umuyorlardı.

"Hangi ana yavrusunu dışlayabilir ki?" diyordu kaynanam. "Hele Zeyno şu loğusa yorgunluğunu atsın, hele ana oğul baş başa kalsınlar... Kanları kaynayacak birbirlerine. Kucaklayıp sarıverecek bebesini Zeyno. Memesindeki sütü, son damlasına kadar ağzına akıtacak yavrusunun..."

* * *

Çırpınmaktan, haykırmaktan yorgun düşmüştüm. Yanıma uzatmışlardı bebeği, uyuyordu.

Hasan yatağın yanında durmuş, sevgi dolu bakışlarıyla sarıp sarmalıyordu ikimizi.

"Yoruldun, sen de uyu biraz" diyerek saçlarımı okşadı. Kapıyı usulca çekti, gitti.

Dalmışım...

Uykumun içinden birisi dürttü sanki; omuzlarıma abanarak, tüm bedenimi şiddetle sarstı.

Fırlayıverdim yataktan. Bir an nerede olduğumu; içinde bulunduğum zamanı, günü, dakikayı algılamaya çalıştım... Sonra, bembeyaz çarşafın üzerindeki bebeğe ilişti gözüm.

Birden içimde coşkulu bir sevgi selinin kabardığını, bebeğe doğru akıverdiğini hissettim. Eğildim, günlerdir ana sıcağından yoksun kalmış yavrumu incitmekten korkarcasına, ağır hareketlerle kucağıma alıp göğsüme bastırdım.

Yeni tanışıyordum oğlumla... Onun körpe kokusunu doya doya içime çektim. Saçsız başını okşadım parmaklarımla, dudaklarımı yumuşacık yanaklarının üzerinde gezdirdim.

Ne güzel bir bebekti bu böyle!

Şöyle bir silkinip kafamı toplamaya çalıştım.

"Mustafam!" diye mırıldandım.

Evet evet, kucağımda tuttuğum bu harika bebek, benim oğlumdu!

Gururluydum, mutluydum, aylardan sonra ilk kez gülüyordu yüzüm.

Titreyen ellerimle bebeciğimin, başını sağa sola çevirerek arandığı ana memesini geceliğimin içinden sıyırdım, yavrumun ağzına verdim.

O anda, garip bir şekilde içimin çekildiğini hissettim. Canımdan can çeken bu minik yaratık da neyin nesiydi! İlk kez görüyormuşçasına hayretle baktım kucağımdaki bebeye.

"Akrep!" diye küçük bir çığlık atmamla yataktan fırlamam bir oldu. Korkuyla geri geri gittim, duvara yasladım sırtımı.

Gözlerimin önündeki görüntü durmadan şekil değiştiriyordu.

Bir Mustafa, bir akrep... Bir Mustafa, bir akrep...

Sonunda sabitleşti görüntü: Yataktaki, minicik boğumları, kuş gagasını andıran kıskaçlarıyla, gerçek bir akrep yavrusuydu!

Birden, hiç olmadığım kadar güçlü hissettim kendimi.

Şahin gibi atladım hasmımın üzerine. Vurdum, vurdum, vurdum... Elimin altındaki minik beden hareketsiz kalana dek.

Sonunda akrebi yenmiştim!

Aynı Mustafa'nın öldürdüğü gibi, bembeyaz çarşafın üzerinde, kanlar içinde yatıyordu uğursuz yaratık...

Seslere yetişenler, hasmımı alt etmenin kıvancıyla ışıl ışıl gülen, çelik pırıltılı bakışlarımla karşılaştılar.

Bense çevremde kopan feryatlara kayıtsız, kanlı çarşafımı toplamış; leğene, sodalı sulara basmak üzere, sabırsız adımlarla seke seke avluya doğru yürüyordum...

Atölyede bir ahu

Zeyno'nun hikâyesi çok etkilemişti beni.

Konuştuğumuzun ertesi günü müşahede altına aldılar Zeyno'yu. Psikiyatrik tedavi görmesi gerekiyormuş. Umarım akreplerini, gittiği yerde bırakmayı başarır.

* * *

Bu sabah dikiş atölyesine gelenler arasında, alışılagelenin dışında çok farklı biri vardı. Buralarda görmeye alışık olmadığımız derecede şık, güzel, ahu gibi bir kadın.

Adının Sevil olduğu ve dolandırıcılık suçundan buraya düştüğü dışında hiçbir şey bilmiyoruz hakkında.

Siyah daracık bir etek, üstünde kiraz kırmızısı şifon buluz, cepken biçiminde kısa siyah bir yelek, ayağında yüksek ökçeli iskarpinler... Süsü, edası görülmeye değer!

Kuaförden yeni çıkmış gibi, omuzlarına dalga dalga dökülen röfleli saçlar, abartılı bir makyaj; sallantılı küpeler, kırmızı ojeli tırnaklar; parmaklarını süsleyen taşlı yüzükler... Sanırsın düğüne derneğe gidecek!

İçeri girer girmez bütün başları döndürüverdi kendine.

Yan masada çalışan arkadaş bana doğru eğildi.

"Yeni gelmiş bu" dedi. "Ondan böyle kokona gibi boy gösteriyor. Hiç merak etme, birkaç güne kalmaz, havasını alır bizimkiler."

Akşamüstü atölyeden çıkarken önümdeydi Sevil Hanımefendi. Bir adım geri çekilip, "Buyurun" diye yol verdi bana.

"Estağfurullah!" deyivermişim şaşkınlığımdan.

İlk günden öyle bir hava yarattı ki, bizlerden birkaç basamak yukarıda olduğunu düşündürdü hepimize.

Oysa burada eşitleniyor insanlar, kimse kimseye üstünlük taslayamıyor. Yaşamın ilk ve son durağında olduğu gibi!

Günahsız, tertemiz bebeler olarak açtık gözlerimizi. Giderken de cennetin ya da cehennemin kapısında, kimse kimseye yol vermeyecek. Benim gibi, "Estağfurullah, önden siz buyurun" diyen de çıkmayacak tabii ki.

Herkesin sevabı da, günahı da kendine. Ne yapmışsa yapmış bu hatun.

"Allah kurtarsın" demekten başka söyleyecek sözüm yok ona. Ne kendine sorarım ne araştırırım ne de başından geçenleri dinlemek isterim.

Ayrı dünyaların insanlarıyız. Bizimkiler çorak, siyah beyaz; kimi zaman zifir karası. Onun dünyası ise rengârenk, dört duvar arasındayken bile ışık saçıyor.

O ışıltıya pervane olmaya hiç niyetim yok.

"Hoş geldin Sevil Hanım! Allah kurtarsın..."

Benden bu kadar!

Sevil

Çevremdekilere kök söktürecek, ele avuca sığmaz bir hatun olacağım, daha doğarken belliymiş. Beni doğururken, dokuz saat sancı çekmiş annem. Dokuz çocuğa bedel bir kız doğurduğunu, zaman içinde anlayabilmiş ancak.

Huysuz, dediğim dedik, inatçı bir çocukmuşum. Üç yaşıma kadar annemle babamın arasında yatmışım. Sırtım anneme, yüzüm babama dönük! Kıskanırmışım annemi. Babamla ikisi yan yana geldiklerinde, aralarına girer, bütün şirinliğimi sergileyerek babacığımın tüm ilgisini üzerime çekmeyi becerirmişim.

"Yanlış koydunuz bu kızın adını" dermiş anneannem. "Sevil! Zaten fazlasıyla kendini sevdiriyor kerata. 'Fettan' deseydiniz çok daha isabetli olurdu. Şu kadarcık boyuyla yaptığı cilvelere baksanıza..."

Son derece hareketli ve yaramaz bir çocuktum. Düz duvara tırmanan cinsten. Benden üç yaş büyük ağabeyimin pabucunu çoktan dama atmıştım. Uzak ve yakın çevremdeki herkesin ilgi odağında ben vardım.

"Çok zeki, çok akıllı bu kız!" diyordu anneannem. "Şeytana pabucu ters giydirir."

Annemle babam ise yaptığım hınzırlıklardan çok, okul başarımla ilgileniyorlardı. Üniversite sınavlarında oldukça yüksek bir puan alarak tercihlerimi yapmaya koyulduğumda, hiç karışmadılar bana.

Ama anneannem şahin gibi pusuda bekliyordu.

"Metropole kapak atmanın zamanı geldi" dediğimde iyice işkillenmişti.

"Neymiş o dediğin?" diye sordu.

"Büyük şehir" dedim. "Bu puanla buralarda sürünecek değilim ya! Ne demişler, boğulacaksan büyük suda boğulacaksın."

"Aman kızım" dedi anneannem, "kara çocuğusun sen. Önce yüzmeyi öğren, sonra açılırsın derin sulara..."

Üniversiteye başladığım yılın yaz tatilinde kaybettik anneannemi. Bana en çok karışan oydu. Bundan sonrasında her yaptığıma kim karşı çıkacak, kim çekişecekti benimle?

Maliye okuyordum. İlk yıl üniversitenin yurdunda kaldım. İkinci yıl bizim sınıftan bir arkadaşımla, Aysun'la eve çıktık. Karakter olarak taban tabana zıt olsak da iyi anlaşıyorduk. Daha doğrusu ben gene bildiğimi okuyordum da, o benim suyuma giderek dengeyi sağlıyordu.

İtiraf etmeliyim ki, uçarı bir yapıya sahibimdir. Beş yıllık üniversite hayatım boyunca da pek çok erkek arkadaşım oldu. Ama yüzeysel arkadaşlıklardı bunlar.

"Güzelsin, gösterişlisin" diyordu Aysun. "Giyimin kuşamın, tavırlarınla karşı cinsi etkilemeyi başarıyorsun."

Gerçekten de doluydu çevrem. Fakültenin yakışıklıları, benimle beraber olmak için kıyasıya yarışıyorlardı.

Hal böyleyken, duygusal dünyamda devrim yaratacak tek kişi çıkmamıştı karşıma. Âşık olma yeteneğinden yoksundum galiba.

Böylesi daha iyiydi aslında. Birilerine sevdalanıp, dertsiz başıma dert açmanın âlemi yoktu. Kimselere bağımlı olmadan özgürce gezip tozmak, bir yerlere gidip eğlenmek yetiyordu bana.

Mezuniyet sınavlarına hazırlanırken, aynı liseden mezun olduğu bir arkadaşıyla tanıştırdı beni Aysun: Melih!

Allah için yakışıklı çocuktu. Ama diğerlerinden pek bir farkı yoktu benim için. O da hemen, "hayran, kurban" muhabbetlerine girmişti çünkü.

Ancak kolay pes edecek gibi değildi ve benim kadar değilse de, yadsınamayacak kadar inatçıydı. Mezuniyet gecemizdeki yemekte yanıma oturmuş, çevremdeki herkesten uzak tutmuştu beni. Böyle gecelerde ve kutlamalarda, hiçbir daveti geri çevirmeyip çok sayıda kişiyle dans eden ben, bir tek Melih'le dans etmiştim o gece.

Ertesi gün bana evlenme teklif etti Melih.

"Yok ya..." dedim. "Evlenmek kim, ben kim? Hiç işim olmaz arkadaşım..."

Aysun da Melih'e, eski arkadaşına destek vereceğine, benden yana tavır aldı.

"Evlilik çok ciddi bir kurum ve bunu düşünmeniz için çok erken" diyordu.

Umduğumdan yaman çıktı Melih! Öne sürdüğüm bütün olumsuzlukları etkisiz kılacak önerilerle geldi karşıma.

Diplomamı alıp bir şirkette staj yapmayı düşünmüyor muydum ben? Tamamdı işte! Melih'in amcasının şirketi ne güne duruyordu?

Ailelerimiz de onaylarsa, hiçbir sorun kalmıyordu.

İki ay içinde evlendik. En dingin, en huzurlu, en aklı başında olduğum dönemdi. Sorumluluklarımın bilincinde, dört dörtlük değilse de, mükemmele yakın bir eş çizgisinde görüyordum Melih'i ve mutluluğu yakaladığımı düşünüyordum.

Ne büyük bir yanılgı!

Evliliğimizin birinci yıldönümünü kutlamaya hazırlanıyorduk... Erken çıktım işten. Güzel bir sofra hazırlayacaktım Melih'e. O gelmeden mutfaktaki işimi bitirmeliydim.

Anahtarımla açtım kapıyı. Garip sesler geliyordu salondan. Televizyonu açık mı bırakmıştık ne? Yoksa Melih de erkenden gelip bana sürpriz mi yapmak istemişti?

Hayır! Hiçbiri değil...

Salondaki, televizyon seyrederken sarmaş dolaş üzerine uzandığımız kanepenin üstünde, bu kez bir başka kadınla sarmaş dolaştı Melih!

Yabancı değildi üstelik kadın...

Benim can arkadaşım Aysun'la sevişiyordu kocam!

Ne kadar saf, yok yok, saf demek yetersiz kalır... Ne kadar salakmışım ben meğer!

Okul günlerinden beri sevgiliymiş Melih'le Aysun. Piyon olarak kullanmışlar beni!

Bu yüzdenmiş demek Aysun Hanım'ın, evliliğimizi engellemek için kafamı bulandırmaya çalışması...

Yuh olsun size be! Yazıklar olsun!

Hiçbir şey söylemeden, gerisingeriye döndüm.

Melih'in pişmanlığı çağrıştıran, ama bu saatten sonra asla yutmayacağım bir hareketle önüme geçmeye çalışması... Aysun'un mahcup, ama bıyık altından gülen alaycı bakışları...

Kapıyı çarptığım gibi dışarı attım kendimi.

"Aptalsın! Aptalsın! Aptalsın!" diye haykıra haykıra kendimi azarlayarak dolandım sokaklarda.

Ama çabuk toparlandım. Sevil'in kim olduğunu bilmiyordu daha onlar. Dünyayı dar edecektim ikisine de.

Tek celsede boşandık Melih'le.

Boşandığımız gün üç aylık hamileydim. Günahı yoktu karnımdaki bebenin. Ama doğuramazdım onu. Beni acımasızca aldatan adama, bir de ödül mü verecektim?

Hemen aldırdım çocuğu. Kendime bile itiraf edemesem de içim yandı, kavruldum acıdan.

Ama dayandım. Tek başına dünyaya meydan okuyan Sevil, bu badireyi de atlatacaktı elbet...

Öncelikle yeni bir ev buldum kendime. Şahsi eşyalarım dışında hiçbir şeye dokunmadan çekip çıktım.

Ardından iş konusu geldi gündeme. Aynı şirkette çalışamazdım artık. İstifamı verip tek kuruş tazminat alamadan ayrıldım şirketten.

İki ay sürdü iş aramam. Acelem yoktu. Eskisini aratmayacak bir işim olmalıydı.

İş görüşmelerine giderken giyimime kuşamıma azami özeni gösteriyordum. Aynaya baktığımda, görücüye çıkacak Sevil'i işverenden önce ben beğenmeliydim. Öyle ki, benim gibi bir elemana gereksinimleri olmasa bile, "Size göre işimiz yok!" deme gücünü kendilerinde bulamasınlar.

Neyse ki uzun sürmedi arayışım. Ancak, aldığım eğitimin dışında farklı bir alanda çalışacaktım: Ünlü bir firmanın halkla ilişkiler müdürlüğünü kabul eder miydim?

"Hayır" deme lüksüm yoktu. İki gün sonra işe başladım.

Patronum Haldun Bey, evine ailesine düşkün, mazbut bir beyefendiydi. Karısı ve iki kızıyla da bir pazar kahvaltısında tanıştık ve sıcacık bir aile havasını paylaştık beraberce.

İlk kez bir erkek "baştan çıkarılacak kadın" gözüyle bakmıyordu bana. Bütün iş görüşmelerinde patronumun yanındaydım. Onun bana verdiği değer sayesinde, şirketteki diğer çalışanlar da saygıda kusur etmiyorlardı bana.

Bu aşamada, iyi bir vitrin görüntüsü vermemin payı büyüktü kuşkusuz. Ağzı iyi laf yapan, konuya hâkim, müşteriyi etkileme yeteneğine sahip, üstelik canla başla işine sarılmış başka kim vardı şirket çatısı altında?

Haldun Bey'in sağ kolu, şirketin belkemiği konumundaydım artık. Geldiğim bu seviyeyi korumak için, elimden geleni yapmak zorunda olduğumun da bilincindeydim.

Ne var ki, iş hayatında zirveleri zorlarken, duygusal dünyam yerlerde sürünüyordu. Nefret doluydum insanlara karşı. Karşılaştığım her erkekte Melih'i, her kadında Aysun'u görüyordum. Güven duygusunu yitirmiştim. Uğradığım ihaneti hazmedemiyordum bir türlü. İntikam alma güdüsünün kıskacında umarsızca çırpınıyordum. Ama dışarı sızdırmıyordum içimdeki çalkantıları. Dışardan bakan herkes, kendine güveni tam, dirayetli, güçlü bir kadın görüyordu karşısında.

Haldun Bey'in olmadığı zamanlarda, müşteri ziyaretlerini tek başıma kabul etmeye başlamıştım. Mithat Bey'le de bu vesileyle tanıştım.

Cebi dolu, kafası boş, sıradan bir tüccardı Mithat

Bey. Daha tanışmak için elimi uzattığımda, beni tepeden tırnağa süzen yılışık bakışlarından, ne mal olduğunu anlamıştım. Ama iş işti ve ben görevimi yapmak zorundaydım.

Yüklüce bir sipariş verdi Mithat Bey. Ödeme ve teslimat şartlarını konuştuk. Kahvelerimizi içtik...

Bir an önce yolcu edip kurtulayım şu adamdan, diye düşünürken, "Bu akşam yemeğini benimle paylaşır mısınız?" demez mi!

"Teşekkür ederim, akşamları pek çıkmıyorum" diyerek atlatmaya çalıştım.

"İş, iş, nereye kadar? Arada bir değişik bir şeyler yapmak sizin de hakkınız" diye pişkince güldü. "Çevreyolunda beş yıldızlı bir otelim var benim. Eğer lütfederseniz, orada ağırlayabilirim sizi."

"Neden olmasın?" diye hınzır bir ışık yandı kafamda. Onun şahsında, bütün zampara erkeklerin dersini vermek, hiç de fena olmayacaktı.

Mithat Bey, son model cipiyle kapıdan aldı beni.

Lacivert takım elbise, beyaz gömlek, gülkurusu ipek kravat...

"Üstüne başına bu kadar itina gösterdiğine göre, beklentisi de yüksek olmalı bu adamın!" diye düşünmekten kendimi alamadım.

Otelin yemek salonu bomboştu. Hafta içi olduğundan herhalde, diye düşünürken, "Sizin için kapattım burayı" dedi Mithat Bey. "Baş başa geçireceğimiz zamanı kimseler gölgelemesin diye."

Bozmadım cakasını. Özel olarak hazırlanmış masaya geçip oturduk.

Bembeyaz, kolalı masa örtüleri, altın yaldızlı porselen yemek takımları, kristal bardak ve kadehler, altın kaplama çatal bıçak takımları...

Keyiflenmiştim. Ne zamandır böyle bir sofraya oturmamıştım. Hatta beş yıldızlı bir otelin kapısından içeri girmeyeli ne kadar zaman geçti, kestiremiyordum.

Hanzonun tekiydi adam, hacıağa dedikleri cinsten. Ama sohbeti fena değildi doğrusu. Politikadan güncel olaylara, futboldan televizyon programlarına, her konuda daldan dala atlayarak durmadan konuşması eğlenceliydi.

Gecenin sonuna yaklaşıyorduk. Kahvelerimizi içerken, cebinden kadife bir kutu çıkardı Mithat Bey.

Bu kadarını beklemiyordum doğrusu!

Kutunun içindeki tektaş pırlanta yüzüğe şaşkınlıkla bakarken, "Yuh!" dedim içimden. Böyle bir yüzüğü kendi karısına en son ne zaman vermişti acaba?

Şaşkınlığımı, duyduğum sevince yordu galiba. Zarif hareketlerle yüzüğü kutusundan çıkardı, elimi tuttu, parmağıma geçiriverdi yüzüğü.

"Tektaş gibi parlıyorsunuz Sevil Hanım" dedi. "Tektaş'a tektaş yaraşır diye düşündüm. Güle güle kullanın."

Hiç itiraz etmedim. Madem gece boyunca katlanmıştım ona, bu kadarcık avantamız olsundu.

Ne var ki geceyi burada noktalamaya niyetli görünmüyordu beyimiz.

Dudağının kenarına iliştirdiği çapkın gülüşüyle, "Odamıza çıkalım mı artık?" demesi bardağı taşıran son damla oldu.

Ruh halimin farkında bile değildi. Cebinden çıkardığı oda anahtarını masanın üzerine bıraktı. Her şeyi nasıl da inceden inceye düşündüğünü görüp, tebrik ve teşekkür etmemi bekliyor gibiydi.

"Yetti ama!" diyerek yumruğumu indiriverdim masaya. "Bu geceki macera buraya kadar Mithat Efendi! Hadi, al voltanı!"

Şaşkın bakışları parmağımdaki yüzük ile odanın anahtarı arasında gitti geldi. "Bu ne perhiz, bu ne lahana turşusu" diyordu kendince. Münasip bir dille açıkladım:

"Yemeğini yedim, yüzüğünü kabul ettim. İş dünyasında olağan durumlar bunlar. Ama daha ötesini aklından bile geçirme."

"Ha" dedim. "Unuttuğum küçük bir ayrıntı daha var: Yarın sabah, verdiğiniz siparişin yüzde onunu mühürlü bir zarfın içine koyup odama getirmeniz gerekiyor. Güvenilir bir kuryeyle de gönderebilirsiniz. Seçimi size bırakıyorum."

"Rüşvet mi istiyorsun yani sen?" diyecek oldu.

"Olur mu hiç?" dedim. "Rüşvet lafından hiç hoşlanmam. Şirketle yaptığınız işin komisyonu desek, sizce de daha uygun olmaz mı?"

Sert kayaya çarptığının farkındaydı. Kalkmadan önce, odanın anahtarına doğru bir hamle yaptı. Ondan önce davranıp kaptım anahtarı.

"Madem benim için ayrıldı o oda, kalmasam ayıp olur" diye güldüm. "Ama tek başıma! Yaptığımız alışverişin komisyonuna sayın onu da..."

Çok yönlü ve kârlı bir geceydi benim için. Beş yıldızlı otelin süit dairesinde, ortopedik yatakta, kuştüyü yastıklarda uyumak keyifliydi doğrusu.

Sabah kalkınca jakuzili küvette banyomu yaptım.

Odama getirttim kahvaltımı. Tek kelimeyle mükemmeldi. Kuş sütünün eksikliğini de sorun yapmadım artık...

Evet, bunları yaşamak benim de hakkımdı! Kimseye bir zararım olmamıştı üstelik.

"Neden bundan sonrasında da benzer deneyimler yaşamayayım?" diyen ben miydim, yoksa içimde palazlanan "şeytan" mıydı, kestiremedim orasını...

* * *

Çorap söküğü gibi geldi gerisi.

Yeni çalışma sistemimde akşam yemekleri, beş yıldızlı oteller yoktu. Şirketin, benim aracılığımla yaptığı satışlardan komisyon talep ediyordum yalnızca. Kimsenin canını acıtmadan, tereyağından kıl çeker gibi kolay ve temiz...

Avantadan para kazanmak değildi yaptığım, emek veriyordum. Şirketin satışları benim sayemde zirve yapmıştı. Yapılan alışverişte alıcı da, satıcı da kâr ediyordu. O kârdan cüzi bir pay almak hakkım değil miydi?

Hesap vermek zorunda olduğum tek kişi patronumdu. Ona da zerrece zararım dokunmuyordu zaten...

Bu arada, para aldığım her erkekte beni aldatan kocamı, Melih'i; her kadında da arkadaş diye bağrıma bastığım, ama beni sırtımdan hançerleyen arkadaşımı, Aysun'u görüyordum. Ve yaptığım her işte onlardan intikam almış gibi hissediyordum kendimi.

İki yıl sürdü bu serüven.

İtiraf etmeliyim ki, bu yolla epey para kazandım. Önce beyaz son model bir cip çektim altıma (Mithat Bey'in kulakları çınlasın!), sonra da çok katlı binaların yükseldiği elit bir sitede dubleks daire...

Ama her şeyin bir sonu var.

"Çekirge bir sıçrar, iki sıçrar; üçüncüde yakalanır" derler ya... Bizimki de o hesap.

Pazarlık ettiğimiz bir alıcı, emniyete ihbar etmiş beni. Zarf içindeki parayı teslim alırken suçüstü yakalandım.

Böyle bir sonu bekliyordum zaten. Tek üzüntüm, dünyanın en iyi patronu olan Haldun Bey'in gözünde "dolandırıcı" konumuna düşmemdi.

Aslında, dolandırıcılık falan yapmadım ben!

Tersine dönen dünyanın düzenine "dur" demek istedim.

Kötülerle iyiler arasında denge sağlamaya çalıştım kendimce.

Evet, dolandırıcılıktan yargılayacaklar beni.

Umurumda değil.

Bu dünya dolandırıcılarla dolu zaten.

İlle de paranızı almaları gerekmiyor.

Yüreğimizi, ruhumuzu, duygularımızı, hayallerimizi çalıyorlar.

Kimse farkında değil...

Mutluluk oyunu, namı diğer Pollyannacılık

Bayram şerefine açık görüş!

"Açık görüş bayramı" dense daha doğru olur aslında. Çölde kalmış bedevi misali susamışız sevdiklerimize.

Ziyaretçi kadrom kemikleşti artık: Ablam, kızım ve oğlum. Ayrı kaldığımız günlerin acısını çıkarırcasına, sımsıkı sarıldım hepsine, doya doya içime çektim kokularını.

Olağandır, işledikleri suçtan dolayı eziktir mahkûmlar. Hele çocuklarının gelip onları bu halde görmesiyle, kopkoyu bir utanç batağına gömülüp kalırlar.

Bunları pek yaşamadım ben. Çocuklarımı babasızlığa mahkûm etmiş olsam da, hiç suçlamadılar beni, hep yanımda oldular. Yaşları küçük olduğundan belki. Yıllar içinde ne olur, bana olan davranışları hangi yönde değişir, bilemiyorum.

Lanet ediyorum bazen kendime. İşlediğim cürümden dolayı değil! Çocuklarımı hem babasız, hem de anasız bıraktığım için.

Ama ne yapabilirdim ki? Başka seçeneğim mi vardı?

Memoş'un sesiyle ayıldım.

"Matematikten sınıfta en yüksek notu ben aldım!" diyordu oğlum.

"Ben de ayın en çok kitap okuyan öğrencisi seçildim" dedi Pakize. "Bu ay okul kütüphanesinden en çok ben ödünç kitap almışım."

Anasına çekmiş kızım, o da benim gibi tam bir kitap kurdu. Okuyup bir yere gelemedim, ama gazete, kitap; elime ne geçerse yutarcasına okudum, kendi kendimi eğittim bir bakıma.

"Son okuduğum kitap *Pollyanna*" dedi Pakize. "Yazarın annesinin adı Polly, teyzesinin adı Anna'ymış. İkisini birleştirip Pollyanna demiş ve onu romanın kahramanı yapmış."

Buraya kadar iyiydi her şey. Ancak Pakize, Pollyanna'dan biraz fazla etkilenmişti galiba.

"Çok mu sevdin sen bu Pollyanna'yı?" diye sordum.

"Sevmek de laf mı?" dedi ablam. "Kitabı yastığının altına koyup öyle uyuyor geceleri."

Teyzesini duymamış gibi, "Evet, çok ama çok seviyorum Pollyanna'yı" dedi Pakize. "Farkında mısın anneciğim, ikimizin adı da P harfiyle başlıyor. Onunki Pollyanna, benimki Pakize."

İşin boyutları gitgide farklılaşıyordu. Pakize, okuduğu romanın kahramanıyla tehlikeli biçimde özdeşleştiriyordu kendini.

"Tek başıma olduğum zamanlarda bile Pollyannacılık oynuyorum ben" diye devam etti. "Memoş'a da öğrettim, beraber oynuyoruz bazen."

"Pollyannacılığın ne olduğunu biliyor musun sen?"

"Tabii ki! Mutlu olmadan mutluymuş gibi yapmak, şartlar ne olursa olsun, kötümser değil, iyimser olmak."

Ağzından çıkan her bir söz, beynimi oyuyordu sanki. En masum haliyle içini dökerken, farkında olmadan yaralı ruhunun gizlerini de ortaya döküvermişti kızım.

Değiştiremeyeceği gerçekler karşısında, yaşama sevincini yitirmemek için, yapay mutluluklar yaratıyordu kendince; olumsuzlukların içinden güzellikler çıkarmaya çabalıyordu.

Başka ne yapabilirdi ki?

Zamanımız daralıyordu. "Kendini kandırıyorsun yavrum!" diyemedim ona. "Mutsuzlukları yok sayıp Pollyannacılık oynamak marifet değil, yaşananları tüm çıplaklığıyla görüp katlanmaya çalışmalısın" diye farklı bir pencere de açamadım önüne.

"Pollyanna dediğin kim? Dünyanın gerçekleriyle yüz yüze gelmekten korkan, aptal bir sevgi kelebeği!" demenin de zamanı değildi.

Vedalaşırken, Pollyanna gülüşü vardı kızımın yüzünde. Yapmacık, birilerinden ödünç almışçasına iğreti bir gülüş.

Dua ettim arkalarından, mutlulukları gerçek ve daim olsun diye. Ana duasının tutacağını umarak...

Kurban kavurması

Hapishane çatısı altında da olsa, diğer günlerden farklı yaşanıyor bayramlar. Biz de yılbaşı gecesinde olduğu gibi, masalarımızı aşağıdaki ortak kullanım alanımıza taşıyarak, karınca kararınca bir bayram sofrası kurduk kendimize.

Yemeklerimiz de bugüne özeldi: Kurban kavurması, şehriyeli pirinç pilavı, kadayıf.

Bazı hayırsever vatandaşlar biz kader mahkûmlarını da unutmamış, kurbanlarını burada kestirmiş, yanı sıra tepsi tepsi kadayıf göndermişler hapishaneye.

Koğuşta herkes birbirini tanıyordu artık. Yabancısı olduğumuz tek kişi vardı aramızda: Bir hafta önce Zeyno'dan boşalan odaya yerleşen Esma.

Sokakta görseniz, "Kendi halinde, hanım hanımcık bir kadıncağız" der geçersiniz. Ne var ki marifeti büyük: Gazetelere manşet olmuş vahşi bir cinayetin faillerinden Esma.

Bizim koğuştaki kızlar, yeni gelene mesafeli davranır. "Allah kurtarsın" deyip bir sonraki adımı karşıdan beklerler. Beklerler ki, muhatapları eteğindeki taşları döksün, yaşadığı ne var ne yok anlatsın.

Oysa bu kadın, ağzını açıp tek laf etmeye gönüllü görünmüyor. Bizimkiler de "Dokuz bilinmeyenli denklemi, çözerse Yeter Abla çözer" diye düşünerek yanıma oturttular Esma Hanım'ı.

Kısa boylu, boyuna göre hayli kilolu, giyim kuşamı orta karar; makyajla, süsle, takıp takıştırmayla uzaktan yakından ilgisi olmayan bir kadın Esma. Konuşmamaya yeminli gibi, tek laf çıkmıyor ağzından.

Ben de böyle kapalı bir kutuyu açmaya hevesli değilim. Sabahki açık görüşten beri, yerde miyim gökte miyim, bilemiyorum zaten... Hâlâ çocuklarda aklım.

Sırf konuşmuş olmak için, "Kavurma pek güzel olmuş" dedim. "Karavanadan çıktığı belli olmuyor, değil mi?"

Acıyla buruşturdu yüzünü.

"Ah, ah!" diye içini çekti. "Sen benim kurban bayramı yemeklerimi görecektin ki... Bol baharatlı kurban kavurmam dillere destandı. Pamuk gibi yumuşacık olurdu etler. İki sini de baklava açardım bayramlarda. Hem gelene gidene ikram etmek, hem de bayram sofrasına koymak için. Bütün aile bir araya gelirdi o yemeklerde. Oğlum, kızlarım, damadım..."

Durakladı bir an. Kısılmış, alçalmış, gücünü yitirmiş bir sesle ekledi:

"Bir de bizim herif!"

"Özel günlerde daha da hüzünleniyor insan" diyerek lafı değiştirdim. "Açık görüş vardı bu sabah. Ablam, kızım, oğlum... Gelmeleri iyi de, onların arkasından uzun süre toparlayamıyorum kendimi."

"Haline şükret sen!" diye kesti. "Ziyaretine gelen ve gelecek olan birileri var hiç değilse. Ya ben! Açık, kapalı her türlü görüş haram bana."

"Neden?" dedim. "Ziyaretine gelecek kimsen yok mu senin?"

"Yok!" dedi isyanla. "Çil yavrusu gibi dağıttılar bizi. Oğlum, kızlarım, damadım, Numan, ben... Her birimiz ayrı damın altında... Taammüden cinayetten yargılanacağız hepimiz."

Sofralar toplandı; masalar, sandalyeler odalara çıkarıldı. Bir Esma, bir ben kaldık salonda. Konuşacaklarımız bitmemişti henüz...

Esma

17 yaşındaydım evlendiğimde.

Öyle, "Göz gördü, gönül sevdi" falan değil, aile zoruyla! Okuldan alıp kocaya verdiler beni.

Hiç kanım ısınmamıştı Haydar'a. Kabaydı, hoyrattı, zerrece değer vermiyordu bana. Kölesi, hizmetçisi, cariyesi gibi davranıyordu. Eli de ağırdı üstelik!

Ortada hiçbir neden yokken çullanıveriyordu üstüme, ağza alınmayacak küfürlerle acımasızca dövüyordu beni. Dışarıda bir başkasına kızsa, hıncını benden alıyordu. Yüzüm gözüm mosmor dolaşmaya alışmıştım artık.

Oğluma sekiz aylık hamileyken öyle feci bir dayak yedim ki, ağzımdan burnumdan kan boşaldı. Komşular yetişti feryatlarıma.

"İyi görünmüyor, hastaneye götürelim" dediler.

Onların da üstüne yürüdü Haydar.

"Size ne ulan!" diye haykırdı. "Karı benim değil mi? Döverim de, severim de; öldürürüm de. Savulun karşımdan!"

Evde, mahalle ebesinin yardımıyla doğurdum oğlumu.

"Hastane falan yok!" dedi Haydar. "Bizim analarımız tarlada doğurur, göbek bağını da taşla keserdi."

İki yıl arayla iki de kızımız oldu.

İyice azıtmıştı Haydar. Dayağın dozunu her geçen gün biraz daha artırıyordu. Çocuklarım için katlanıyordum bunca eziyete, tek dayanağım onlardı.

TIR şoförüydü Haydar. Hem Anadolu'ya, hem de Avrupa'nın farklı şehirlerine yük taşıyordu.

İyi ki de işi buydu! Onun olmadığı zamanlarda ben de, çocuklarım da rahat bir nefes alabiliyorduk hiç değilse.

Uyguladığı şiddet ve huysuzlukları bir yana, çapkınlık yapmaktan da geri kalmıyordu kocam. Mahallede adı çıkmış bir kadının evine girip çıktığını bilmeyen yoktu. İş seyahatlerinde ise, otoban ya da yol üstünde müşteri bekleyen hayat kadınlarını arabasına alıyordu; onlarla düşüp kalkmaya başlamıştı.

Umurumda değildi. Ama gelip de yaptıklarını ballandıra ballandıra anlatması var ya... O dokunuyordu kanıma.

Çocuklar büyümüştü artık. Büyük kızım evlenip iyi bir aileye gelin gitmiş, kendini kurtarmıştı. Bir ben, bir oğlum, bir de küçük kızım kalmıştık geride. Çile çekmeye, işkence görmeye şerbetli üç gariban köle...

Haydar, yurtdışından döndüğü bir gün, ayağının tozuyla dayağa çekti gene beni. Zilzurna sarhoştu. Hakaretler, küfürler...

Dayanamadı Emir. Beni babasının elinden kurtarmaya çabalarken, okkalı birkaç darbe de onun payına düştü. Yetmedi, küçük kızımın saçlarını eline dolayarak birkaç tokat da ona attı Haydar.

O geceki dayak faslı bardağı taşıran son damla olmuştu. Ertesi gün konuşup, Haydar'ı öldürme kararı aldık.

Sıra, kararımızı uygulamaya gelmişti...

O gün Emir ile Haydar arasında sert bir tartışma çıktı. Her zamanki gibi, oğlunun yerine beni hedef almayı tercih etti Haydar.

"Bu oğlanı sen azdırıyorsun!" diyerek hücum edip dövmeye kalkınca, masanın üzerindeki ağır vazoyu babasının başına indiriverdi Emir.

Bayılmıştı Haydar. Bıçaklayıp öldürdük.

* * *

Araya girip "Kimin elindeydi bıçak?" diye sordum.

"Kimin elinde olduğu önemli değil" dedi Esma. "Öldürmek hepimizin ortak kararı olduğu gibi, kullandığımız bıçak da hepimize aitti.

Asıl büyük sorun, cesetten nasıl kurtulacağımızdı!

Haydar sürekli yurtdışında olduğundan, yokluğu fark edilmezdi. Cesedi parçalara ayırıp ortadan kaldıracaktık.

Ben, oğlum, iki kızım, damadım ve telefonla yardıma çağırdığımız Numan, banyoda küvetin içinde parçalara ayırdık cesedi."

"Numan kim?" diye sordum.

"Benim imam nikâhlı kocam!"

Şaşırmıştım. Nereden çıkmıştı bu koca? Esma da göründüğü kadar saf ve biçare değildi galiba.

"Yıllardır kocalı duldum ben Yeter Hanım" diye devam etti Esma. "Çarşının içinde manifatura dükkânı vardı Numan'ın. Alışveriş için uğradığımda gereğinden fazla ilgilenirdi benimle. Yüzümdeki morluklara, dayak izlerine üzülerek bakar, ama hiçbir şey söylemezdi. Öyle böyle derken sevgili olduk. İmam nikâhı kıydı bana. 'Helalimsin!' diyordu."

"Ya çocuklar? Onlar nasıl kabullenebildi bu durumu?"

"Babalarından öylesine illallah demişlerdi ki, kendilerine şefkatle uzanan eli geri çevirmediler. Numan, öz babalarından daha yakındı onlara."

* * *

Ayırdığımız parçaları; elleri, kolları, bacakları, gövde ve kafayı torbalara koyup farklı yerlere attık.

Parmak izinden tanınabilir diye, ellerini denizin ortalarına doğru fırlattık. Ama dalgalar denize attığımız ellerden birini sahile taşımış. Bizi ele veren de o el oldu maalesef.

Bir hafta geçmişti aradan. Arayan soran yoktu. Kurtulmuştuk galiba...

Bir sabah erkenden kapı çalındı. Açtım, polise benzeyen, ama sivil kıyafetli iki adam duruyordu karşımda.

"Burası Haydar Atsız'ın evi mi?" diye sordu adamlardan biri.

"Evet, burası" dedim. "Kocama bir şey mi oldu?"

Yanıt vereceğine, "Kocanız nerede hanımefendi?" diye sordu.

"Kocam TIR şoförü. Şu anda yurtdışında. Kaza mı geçirdi yoksa?"

"Hayır, kaza geçirmedi. Ama onunla görüşmemiz gerekiyor."

"Gideli iki ay oldu" dedim. "Gelmedi hâlâ."

"Peki, siz evde kiminle kalıyorsunuz?"

"Oğlum ve kızımla."

Israrlı sorularının ardı arkası kesilmiyordu. Bir şeyler oluyordu, ama ne?

"Kocanıza nasıl ulaşabiliriz?"

"Bilmiyorum, yakında gelir herhalde."

"Oğlunuzla ve kızınızla görüşebilir miyiz?"

Görüştüler... Ama hepimizi tek tek sorguya alarak.

Sonradan komiser olduğunu öğrendiğimiz görevli benimle, yanındaki yardımcısı da oğlumla ve kızımla ayrı odalarda uzun uzun konuştu.

"Baban nerede?" diye sormuşlar Emir'e.

"İki gün önce buradaydı. Sonra tekrar yola çıktı" demiş Emir.

Kızım da babasının bir hafta önce gittiğini söyleyince ipler kopmuş.

Hepimiz farklı yanıtlar vermiştik. Dersimize iyi çalışmamıştık yani. Gene de ortada somut bir delil yoktu henüz. Sakin olmalıydım.

Hepimizi bir araya toplamışlardı.

Ben zevahiri kurtarmak için, "Kocama ne oldu?" diye sızlanırken, kızlar da, "Babamızın başına kötü bir şey mi geldi?" diye ağlaşıyordu.

"Merak etmeyin" dedi komiser. "Emniyet merkezinde her şeyi öğreneceksiniz."

Ekip arabalarından birine komiserle ben bindik, diğerine de çocuklar.

Yolda gene, "Ne oldu kocama?" diye sayıklamaya başlayınca, "Kocanı bize sormayacaksın bacım" dedi komiser. "Kocana ne olduğunu sen bize anlatacaksın. Çocukların içeride her şeyi anlattılar bize."

Boş bulunup "Ne anlattılar?" diye haykırmışım. Komiserin boş atıp dolu tutmaya çalıştığını, çocuklarımın henüz hiçbir şeyi itiraf etmemiş olduğunu nereden bilecektim?

Yumuşacık bir sesle, "Sizi çok iyi anlıyorum" dedi komiser. "İstemediğiniz bir şeyi yapmış olabilirsiniz. Bu yüzden şok yaşamanız da doğal. Kocanızın eli şu anda elimizde. Diğer parçaları da sizlerin yardımıyla bulacağız."

Deniz kenarında buldukları el, öyle şekil değiştirmiş ki, kadın eli mi, erkek eli mi olduğunu bile anlayamamışlar önce. Parmak izi incelemesi yaptırmış komiser. Ve her şey dökülmüş ortaya:

Rahat duran bir adam değildi ki benimki! Üç ay önce bıçaklı yaralamadan sabıka kaydı varmış. Çorap söküğü gibi gelmiş gerisi: Maktul 48 yaşında bir TIR şoförü. Adı... Adresi...

Başımı önüme eğip ağlamaya başladım. Yapabileceğim tek şey kalmıştı: İtiraf etmek!

"Tamam" dedim. "Her şeyi anlatacağım... Evet, rahmetliyi biz öldürdük. Ama çocuklarımın hiçbir suçu yok, onları bu yola ben sürükledim. Her şey benim başımın altından çıktı. Tek suçlu benim! Ne olursunuz, onları suçlamayın, dokunmayın onlara..."

Komiserin üstünden ağır bir yük kalkmış gibiydi.

"Tabii" dedi. "Onlar için de ne gerekiyorsa onu yaparız."

Son bir soru vardı kafalarında: Cesedin diğer parçaları neredeydi?

Herkes hangi parçayı nereye attığını söyleyince, hepsini bir bir toplayıp düğümü çözmüş oldular.

* * *

Derin bir of çekti Esma. Hikâyesinin sonuna gelmişti.

"Kendim için değil tasam" dedi. "Zaten dört duvar arasında, eziyetle geçiyordu ömrüm. Ama ya oğlum, ya kızlarım? Yazık oldu çocuklarıma!"

"Benim çocuklarıma da yazık oldu!" diye mırıldandım.

Duymadı ya da umursamadı Esma.

Hapishane raconu böyleydi.

Herkesin derdi kendineydi burada...

Eksik büyüyen çocuklar

Hiç uçurtma uçurmadım ben
Kumdan kaleler yapmadım hiç
Sokaklarda oynayamadım
Kardan adam yapamadım
Çocuğum ben ama
Çocukluğumu yaşayamadım.

Nazlıdır burada uykular. Her istediğinde gelip çalmaz kapını. Sımsıkı yumarsın gözlerini, bir an önce gelsin, kollarına alsın diye beklersin. Gelsin ki, yüzleşmekten yorulduğun gerçeklerinle arana girsin, korusun kollasın; ürkütücü kâbusları bir kenara itip ferahlatıcı düşlerle avutsun seni.

Olabilse keşke, ama imkânsız. Buraya geldim geleli deliksiz bir uyku çektiğim tek gecem olmadı. Bir saat uyursam, iki saat uyanığım. Bedenim dinlenmek istiyor, ama ruhum ve beynim ayakta. Acımasızca sorguluyorlar beni.

Geceleri... El ayak çekilince...

Dün gece nasıl olduysa derince bir uykuya dalmışım. Her günkünden çok yorulmuştum atölyede, ondan olsa gerek.

Kapının vurulmasıyla sıçrayıverdim yataktan. Bu saatte kim gelirdi bana? Nöbetçiler dışındaki görevliler bile yataklarındayken...

Kapıyı araladım önce, sonra da ardına kadar açtım. Gonca'ydı gelen!

"Yetiş Yeter Abla!" diyerek ellerime sarıldı. "Mine... Cayır cayır yanıyor yavrum. Kurbanın olayım, gel bir bak hele..."

Terliğimi bile giymeden, fırladığım gibi Mine'nin yanında aldım soluğu.

Gerçekten de soba gibi yanıyordu çocuk. Kendinden geçmiş, bayılmış gibiydi.

"Ne zamandır böyle?" diye sordum Gonca'ya.

"İki gündür hastaydı zaten. Geçer dedim. Birden ateşleniverdi. Ödüm koptu abla... Akşamdan beri sesi soluğu çıkmadan, öylece yatıyor garibim."

"Neden daha önce çağırmadın beni?" diye çıkıştım.

Ateşler içindeki çocuğu, battaniyeye sarmıştı bir de! Fırlatıp attım battaniyeyi.

"N'apıyon abla? Daha beter üşütecek çocuk" diye engellemeye çalıştı Gonca.

"Çekil şuradan!" diye tersledim. "Ateşli bebe sarılıp sarmalanır mı hiç? Havale geçirecek çocuk!"

Mine'yi aldığım gibi suyun altına sokmak vardı ya, o kadarına cesaret edemedim. Gonca'nın verdiği tülbendi parçalara ayırdım. Suya batırdığım parçalardan birini Mine'nin alnına koydum, diğerlerini de el ve ayak bileklerine sardım.

Öyle yüksekti ki ateşi, ıslak tülbentler anında ısınıyor, içlerindeki su buharlaşıveriyordu.

"Keşke sirke olsaydı" diye söylendim. "Sirkeli su çok daha çabuk sonuç verirdi."

Gonca'nın perişan haline bakıp, "Merak etme" dedim. "Bu da işe yarayacak."

Ateşi biraz düşer gibi olmuştu Mine'nin. Ama kendinde değildi, sayıklıyordu.

"Palyaçolar... Palyaço abi, şapkanı bana versene..."

"Nereden çıktı bu palyaço hikâyesi?" diye sordum Gonca'ya.

"Yılbaşında çocukları eğlendirmek için, kreşe birkaç palyaço gelmişti ya... Onları pek sevmişti Mine. O günden beri dilinden düşürmüyor."

Ah yavrum, ah! Birkaç saatlik palyaço beraberliği, nasıl da işlemiş benliğine...

Sayıklamayı bırakıp yeniden uykuya teslim oldu Mine. Ne var ki göğsünden yükselen hırıltılı öksürük, aman vermiyordu çocuğa. Gözümüz onun minicik bedeninin üzerinde, kâh tülbentlerini tekrar tekrar ıslatıp alnına, bileklerine koyarak, kâh ateşin ardından sökün eden terini silip üstünü başını değiştirerek, sabahı sabah ettik Gonca'yla.

Gün ağarırken ana kızı koyun koyuna bırakıp odama döndüm. Değil uyumak, yatağa uzanıp dinlenmek bile gelmiyordu içimden. Ellerimde hâlâ Mine'nin sıcaklığı vardı; yüreğimde ise onun bu yaşta, bacak kadar boyuyla yaşadığı acılar, yoksunluklar, özlemler...

Burada, oyuncaksız ve babasız büyüyen çocuklardan yalnızca bir tanesi Mine. Annesinin çektiği cezayı ister istemez paylaşan, bir su damlası kadar saf, temiz; günahsız bir mahkûm...

İyi ki kreşe başladı. Birkaç saatliğine de olsa, esaretten kurtulup "çocuk" gibi yaşıyor bu sayede.

Neşeli, cıvıl cıvıl, hayat dolu bir çocuk aslında Mine. Çöl ortasında açıvermiş yediveren gül gibi...

Sabah ve akşam sayımlarına bayılıyor. Herkesin adının tek tek okunması eğlence gibi, oyun gibi geliyor ona.

"Neden benim de adımı okumuyorlar?" diyor. "Küçük olduğum için mi? Ne kadar büyüyünce 'Mine' diyecek gardiyan abla?"

"Aman kızım, Allah saklasın!" diyor Gonca. "Ne kadar büyürsen büyü, buralarda okumasınlar adını."

Televizyon seyretmeye de bayılıyor Mine. Ama Gonca pek hoşlanmıyor bundan. Dışarıdaki farklı dünyayı tanıyor çünkü çocuk, orada gördüklerine özeniyor.

"Anne bak... Ne güzel evler var orada... bahçeler... oyuncaklar... arabalar..."

Gördüğü her yeni şey depremler yaratıyor küçücük dünyasında.

Annesiyle paylaştığı odaya "evimiz" diyor.

Her, "Biz evimize gidiyoruz Yeter Teyze" deyişinde içim sızlıyor.

Farkında değiller ama, bir yanları eksik büyüyor buradaki çocukların...

Sabah sayımının ardından, Mine'yi kaptığı gibi revire götürdü Gonca. Sabırsızlıkla bekledim dönüşlerini.

Muayene etmiş doktor.

"Karda mı yatırdın çocuğu?" diye çıkışmış Gonca'ya.

Çok kötü üşütmüş Mine. Hem bademcikleri şişmiş, hem de bronşit olmuş. Bir torba ilaçla döndüler revirden. Antibiyotik ve öksürük şurupları, göğsüne ve sırtına sürmek için mentollü pomat ve pastiller...

Rengi ve tadı güzel şuruplarını hiç itiraz etmeden içti Mine, pastillerini emdi. Ama sıra mentollü pomada gelince isyan bayrağını çekti.

"İstemiyorum. Bunu sürdürmem ben!" diye ter ter tepinerek anasını deli etti.

Gonca, bir gece önce üzerine titrediği Minesini yüzükoyun yatağa yatırıp pomadı sürmeye hazırlanıyordu ki, öksürük nöbeti tuttu Mine'nin.

Ana kız inatçılıkta kıyasıya yarışıyordu birbiriyle.

"Daha fazla eziyet etme çocuğa" dedim. "Ben ona öyle güzel bir ilaç hazırlayacağım ki, bayılacak... Mine'nin temiz bir fanilasını ver bana. Bir de, bir kalıp kuru sabun."

Hiç sesini çıkarmadan, dediklerimi yaptı Gonca. Fanilanın tersini çevirdim. Arkalı önlü, iki tarafına da bütün gücümle kuru sabunu sürttüm. Düzünü çevirdim fanilanın, Mine'ye giydirdim."

"Neye yarayacak bu şimdi?" diye dudak büktü Gonca.

"Görürsün neye yarayacağını" dedim. "Biz altı kardeştik yavrum. Altı kız... Hastalandık mı, hepimiz birden serilirdik yataklara. Hangi ilaç yeter o kalabalığa? Anamın dermanları sağ olsun!

Altı bebeyi öksürük şuruplarıyla değil, sabunla iyi ederdi anacığım. Sırtımıza, göğsümüze sabunlu havlu ya da tülbent koyardı. Ha, bu arada ilaca 'derman' denir bizim oralarda; aklında bulunsun."

* * *

Neyse ki çabuk iyileşiyor çocuklar. Birkaç gün içinde düzelip eski neşesine kavuştu Mine.

Ya onun ve buradaki diğer çocukların benliklerinde oluşan, henüz kendilerinin bile farkında olmadığı derin yaralar? O yaralar da bu kadar çabuk iyileşebilecek mi?

Hiç sanmıyorum. Burada yaşadıkları her bir anın gölgesi, ömür boyu adım adım izleyecek onları. Ve hiç ummadıkları zamanlarda, annelerinin günahlarını paylaşmanın *beyaz suçluları* oldukları haykırılacak yüzlerine.

Onlar, eksik büyüyen çocuklar!

Ne yaparlarsa yapsınlar, bir yanları hep eksik kalacak...

Kevser

Bir otel odasındayım.
Kirden muşambalaşmış çarşafların üzerinde, kolumda eroin şırıngasıyla.
Ölmüşüm! Odanın tavanından kendimi seyrediyorum.
Cansız bedenimi, üzerine basılıp ezilmiş bir böcek gibi kazıyorlar yataktan.
Çöp bidonunun dibinde, soğuktan katılıp kalmış bir köpek kadar değerim yok.
Kefenlenmiş bedenime, pislik dolu bir çuvalmış gibi, iğrenerek bakıyorlar.
Kimse sahip çıkmıyor ölüme.
Kimsesizler mezarlığına doğru tek başıma yol alıyorum...

İki gün önce bayram sevinci vardı dikiş atölyesinde, bugünse ölüm sessizliği!

Aynı kişi için sevindik ve gene aynı kişi için kahrolduk.

Atölyenin en sessiz, en uysal, en gariban mahkûmuydu Kevser. Sıcacıktı gülüşü, bakışları masumdu. Bilmeseniz, herhangi bir suçu işleyebileceğine asla ihtimal vermezdiniz.

26 yaşındaydı Kevser. Uyuşturucu satıcılığından dört yıldır içerideydi.

Bir öğlen arasında, "Yok be abla" demişti. "Ben kim, uyuşturucu ticareti yapmak kim? Benim adam idare ederdi satış işlerini. Başımı yakan da o oldu zaten.

Ne kullanıcıydım ben ne de satıcı. Ama dertlenince insan, hem de öyle böyle değil, kahredici beter bir darbe yiyince, nelere alışmıyor ki...

Her yol vardı kocamda. İçki, sigara, uyuşturucu... Bense sigara bile içmezdim. İçkinin damlasını koymazdım ağzıma. İki yaşındaki kızımı kaybedinceye kadar...

Her şeyimdi o benim! Çorak dünyamın biricik ışığıydı. Kocamın beni paspas gibi ezmesine, dayağına; çevirdiği pis işlere kızımın hatırı için katlanıyordum.

Ne var ki hastaydı kızım. Kalp kapakçığında delikle doğmuştu. Doğuştan gelen bir aksaklıktı yani. Ama bunda bile beni suçlayacak bir şeyler buldu kocam.

Benim derdim bana yeterken, 'Doğru dürüst bir çocuk bile doğuramadın, beceriksiz kadın!' diyerek yarama tuz basmaktan da geri kalmadı.

İyi bir tedavi görseydi, kurtulabilirdi belki kızım. Beceremedik. Kollarımda can verdi yavrum. Anlatılmaz bir acıydı. Keşke onunla beraber ben de ölseydim.

O en bunalımlı günlerimde başladım uyuşturucu kullanmaya. Ufak ufak derken, kısa sürede bağımlı olup çıktım.

Bir akşam iki polis eve gelip İhsan'ı karakola götürdü. Birileri ihbar etmiş. Uyuşturucu satıcılığından içeri attılar.

Yapayalnız kalmıştım. Yeme içme bir yana, toz bulmak için paraya ihtiyacım vardı.

İhsan'a mal verenleri tanıyordum. Arayıp kendime yetecek kadar toz istedim.

'Avanta yok!' dediler. 'Kocanın kaldığı yerden işleri yürütürsen ne âlâ, yoksa avucunu yalarsın.'

Kabul etmekten başka çarem yoktu.

Ancak, çok kısa sürdü alışverişimiz. Yalnızca iki sefer, kapıya gelen birilerine paketlenmiş birkaç torbayı teslim ettim. Üçüncüsünde yakalandım.

İyi ki de yakalanmışım. Yoksa daha beter saplanacaktım batağa. Önce bedenimdeki zehri atmak için tedavi gördüm. Sonra da kalan cezamı tamamlamak üzere buraya getirdiler. Şükürler olsun, temizim artık.

Biliyorum, uyuşturucu ticareti yapmak ağır suç! Ama ben ticaret boyutlarında iş çevirmedim ki! Bu durumu değerlendirirler mi acaba? Değerlendirip de beni salıverirler mi?"

* * *

İki gün önce Kevser'in tahliye sevincini yaşadık. Dediği gibi olmuştu. Özgürlüğüne kavuşacaktı Kevserimiz.

Ne var ki tahliye sevincini doyasıya yaşayamıyordu Kevser. Dışarıda ona destek olacak kimsesi yoktu. Endişe içindeydi. Nasıl sürdürecekti bundan sonraki yaşamını?

"Teyzeme giderim" diyordu. "İş buluncaya kadar orada kalırım."

Vedalaşırken sımsıkı sarıldı bana.

"Hakkını helal et Yeter Ablam" dedi. "Özleyeceğim seni. Sana da, buralara da çok alıştım. Sudan çıkmış balığa döneceğim dışarıda."

"Aman ha!" dedim. "Aklını başına topla. Yepyeni, pırıl pırıl bir yolun başındasın. Eski hayatını sil kafandan. Bedenin o zehirden arınmışken, aynı çamura bulaşmayasın sakın!"

Gözleri dolu doluydu, ağladı ağlayacak... Heyecanından, mutluluğundan diye düşündüm.

Sevinç içinde uğurladık Kevserimizi, en iyi dileklerimizle...

Bu sabah Kevser'in ölüm haberini okuduk gazetede:

Cezaevinden bir gün önce tahliye edilen K.A. otel odasında ölü bulundu. K.A.'nın yüksek dozda uyuşturucu alarak, altın vuruşla yaşamına son verdiği tespit edildi.

Yapamamıştı, becerememişti. Kaderine kafa tutamamıştı, yenik düşmüştü hayata.

"Hakkını helal et Yeter Abla" deyişi gözümün önünden gitmiyordu.

"Keşke hiç tahliye olmasaydı" diye geçirdim içimden.

Dışarı çıkan herkesin evi barkı, parası pulu, destek olacak yakını, dostu yok ne yazık ki.

İşte Kevser! Söylediği gibi, sudan çıkmış balığa dönmüştü dışarı çıkınca. Ve o biçare balığa yardım edecek tek bir kişi yoktu yakın çevresinde...

Güle güle Kevser. Seni hiç unutmayacağız...

Masum değiliz hiçbirimiz...

Önce gazetede okuduk haberini:

Şizofreni tedavisi gören üniversite öğrencisi genç kız annesini öldürerek, evin içinde hazırladığı mezara gömdü.

Ardından kendisi geldi.

Merve'yi koğuşa getirdiklerinde atölyedeydim ben. Akşamüzeri döndüğümde, Gonca'dan aldım haberleri.

"Bir delimiz eksikti, o da oldu sonunda!" diye başladı.

"Tanımadan bilmeden kimseye deli diyemezsin!" diye kestim. "Deli dediğin o kız, senden benden akıllıdır belki."

"İyi de abla, anasını öldürüp eve gömmüş bu kız. Akıllı insanın yapacağı iş mi bu?"

"Demek ki psikolojik sorunları var. Kimse keyfinden cinayet işlemiyor."

Hiç tanımadığım birini, üstelik duyanları irkiltecek bir cinayetin failini savunmuş olmaktan rahatsızdım.

"Burada kimse kimseyi suçlayamaz Gonca" dedim. "Ne demiş Sezen Aksu: 'Masum değiliz hiçbirimiz!' Bizimki de o hesap. Kimseyi suçlama ya da aşağılama gibi bir hakkımız yok. Aklının bir köşesine yaz bunu."

Ertesi sabah, her zamanki gibi atölyeye gitmeden önce

havalandırmaya çıktım. Baktım Merve kızımız da orada...

Herkesten uzak bir köşede, bağdaş kurup taşın üzerine oturmuş, gözleri kapalı yoga yapıyor. Bizim kızlar da ikişerli üçerli gruplar halinde, uzaktan uzağa kıza bakıp kıkırdıyorlar.

Birkaç tur attıktan sonra kızın yanına doğru yürüdüm.

"Günaydın" dedim.

Duymadı galiba.

"Günaydın!" diye yüksek perdeden yineledim.

İsteksizce açtı gözlerini.

"Rahatsız ettimse kusura bakma" dedim. "Merhaba demek istemiştim. Hoş gelmişsin."

Oturduğu yerden fırlayıp kalktı.

"Ne hoş gelmişi sayıklıyorsun sen!" diye bağırdı. "Dalga mı geçiyorsun benimle? Hoş gelinecek yer mi burası!"

"Allah kurtarsın" diye kekeledim şaşkınlıkla.

Meydan okur gibi, "Hiç merak etme!" dedi. "Hepinizden önce çekip gideceğim buradan. Raporum var benim. Bildiğin deliyim işte..."

Arkasını dönüp yürüdü gitti.

Allah için güzel kızdı. Özenle oyulmuş gibi düzgündü yüz hatları. Boyu bosu, endamı televizyonlarda boy gösteren mankenlere fark atardı.

Ama gözleri!

Çelik ışıltısıyla bakan o kapkara gözler, ürküntü veriyordu insana.

Gözden kayboluncaya kadar baktım arkasından. Sonra da simsiyah, kocaman bir nokta koyarak Merve sayfasını kapattım.

Değil sohbet etmek, onunla bir kez daha konuşabileceğimi hiç sanmıyordum.

Merve

Dışarıdakiler mi daha deli,
yoksa içeridekiler mi?
Bence dışarıdakiler!
Her günün "bayram" olduğunun
farkında bile değiller...

Eskiden böyle değildim ben. Kimse "üşütmüş" gözüyle bakmazdı bana. Saçımı okşar, sırtımı sıvazlar, meziyetlerimi öve öve göklere çıkarırlardı beni.

"Güzel kızım... Akıllı kızım... Annesinin gözbebeği... Babasının bir tanesi..."

Şimdi öyle mi ya?

Gelen vursun, giden vursun; şamar oğlanına çevirdiler beni.

Üç kişilik mutlu bir çekirdek aileydik önceleri. Yıllarca tek çocuk olmanın saltanatını sürerken, aileye katılan kız kardeşimle, dörde yükseldi nüfusumuz.

Melis'le aramızda on yaş fark var. Onca yıldan sonra, belki oğlan olur diye doğurmuş annem. Ama olmamış. Belli etmemeye çalışsa da, babamın içten içe erkek evlat özlemi çektiğini hissetmişimdir hep.

Çalışkan ve başarılı bir öğrenciydim. Bütün çabam babamı mutlu etmek ve onun benimle gurur duymasını sağlamak içindi. Çok düşkündüm ona.

Ne var ki, ihanet etti babam bana!

Lise son sınıftaydım, üniversite sınavlarına hazırlanıyordum. Hırslıydım; ilk tercihimi kazanabilmek için sabahlara kadar deli gibi çalışıyordum.

Sınava iki hafta kala, annemle babam aldıkları kararı açıkladılar: Boşanıyorlardı!

Zamanlama harikaydı doğrusu! Dişlerini sıkıp iki hafta daha bekleyememişlerdi.

Ani bir karar sayılmazdı aslında. Yıllardır sürüp giden anlaşmazlıklarına, çatışmalarına ve çekişmelerine konulan son noktaydı bu.

İki gün sonra şahsi eşyalarını arabaya doldurup evden ayrıldı babam.

"Kadın meselesi!" diyordu annem. "İşyerindeki o yelloz karı yüzünden hep! Ne yaptı etti, ayarttı babanızı."

Kadın-erkek ilişkilerini değerlendirebilecek yaştaydım artık.

Gene de, "Evinde mutlu olan adamı hiçbir kadın ayartamaz!" diyemedim anneme.

Bu beklenmedik gelişme daha da kamçılamıştı beni. Uyanık kalmak için leblebi gibi, ardı ardına uyarıcı haplar yutarak, sabahlara kadar gözümü kırpmadan çalışıyordum.

Emeklerimin karşılığını aldım: İlk tercihim olan hukuk fakültesini kazanmıştım.

Ancak, müjdeyi aldığım gün, babamın da işyerindeki o kadınla nikâhlandığını, tepki çekmemek için düğün yapmadıklarını, ama balayına çıkacaklarını öğrendim.

Tek kelimeyle, yıkılmıştım!

Anneme değil, bana ihanet etmişti babam! Ve annemi değil, beni terk etmişti...

Annem, Melis ve benden ibaret, bir numara küçülmüş ailemizde, yoluna gitmiyordu işler. Her gün birkaç öğün kavga ediyorduk annemle. İyiden iyiye hırçınlaşmıştı. Eh, ben de melek olduğumu iddia edecek değilim. Şuuraltımda, babamın gidişinin biricik sorumlusu annemdi! Ona karşı gelişim, en ufacık bir tartışmanın kavgaya dönüşmesi bu yüzdendi.

Evet, huysuzdu annem, ama ben de onu yatıştırmaya çalışacağıma, yangına körükle gider gibi, kavganın, çatışmanın altına ateş sürüyordum.

Çok kötü hissediyordum kendimi. Nedeni olmayan ya da yüzleşmekten korktuğum için nedensiz olduğunu varsaydığım ağlama nöbetleriyle boğuşmaya başlamıştım.

Önceleri, "Ağla, ağla, açılırsın" diye benimle adeta dalga geçen annem bile, "Senin halin hal değil!" diyordu. "Gitgide çekilmez olduğunun farkında mısın? Benim derdim bana yetiyor. Bir de seninle mi uğraşacağım? Kalk bir doktora gidelim. İlaç, milaç; doğrultur seni hiç değilse."

Yanaşmadım önce. Ama gitgide kötüleşiyordum.

Okulda, dersin orta yerinde hıçkıra hıçkıra ağlama nöbeti geçirdiğim gün kararımı verdim. Doktora gitmekten başka çarem kalmamıştı.

Annemle beraber gittik doktora.

"Böyle bir günde asla yalnız bırakmam seni" diyordu.

Psikiyatri alanında ün yapmış bir profesördü doktorumuz. Babacan tavırlı bir adamdı, yumuşacıktı konuşması, okşar gibi...

Şikâyetlerimi dinledi önce. Ağlama krizlerimi anlattım. En olmayacak zamanlarda ve mekânlarda gelen ağlama nöbetlerini...

"Depresyon belirtileri bunlar" dedi. "Endişelenmenize gerek yok, hallederiz."

Ancak, daha sonra söylediklerim karşısında, durumumun düşündüğü kadar basit olmadığını kavradı galiba:

"Bazen içimde benden başka birisi, bir yabancı varmış gibi hissediyorum. İstemim dışında, olmayacak şeyler yapıyor. Engelleyemiyorum. Pişman oluyorum sonradan. Ama ne için pişman olduğumu hatırlayamıyorum."

Ciddi bir ifade belirdi doktorun yüzünde.

"*Kişilik bölünmesi* tablosunu tarif ediyorsunuz" dedi. "*Çoklu kişilik sendromu* da deriz tıpta. Bir kişilikten diğerine geçişler, atlamalar... Çevre, bellek, kişilik ve algı duyumlarının denge bozukluğu anlamına gelir ve duygusal travmalardan kaynaklanır. Örneğin şiddetli bir şekilde hissedilen terk edilme korkusu..."

Baştan beri söze karışmadan, doktorla benim konuşmalarımızı dinleyen annem atılıverdi:

"Babası bizi terk etti doktor bey! O günden beridir kızım bu halde."

"Hayır!" diye bağırdım. "Babam beni terk etmedi. Kardeşimi de... Babam bir tek seni terk etti!"

"Sen öyle san!" diye söylendi annem. "Üniversite sınavlarından bir iki hafta önce boşanma kararımızı açıklayıp, bunalıma sokmadı mı seni? Ya ateşe düşmüş gibi, ayrılır ayrılmaz evlenivermesi? Nasıl da kahrolmuştun duyduğunda..."

Annemin bu sözlerini uyarı olarak algılamıştı doktor.

Son derece nazik, "Sizi dışarı alabilir miyiz hanımefendi?" dedi anneme. "Hastamla özel olarak konuşmam gereken hususlar var."

Yerinden kalkıp paytak adımlarla kapıya doğru yürüyen annemi izlerken, için için gülmekten kendimi alamadım.

Baş başa kalır kalmaz, "Babanızla görüşüyor musunuz?" diye sordu doktor.

Ezberlediğim bir metni okur gibi, "Annemle babam boşandı. Babam bir başkasıyla evlendi" dedim.

"Daha önce konuşmuştuk bunları, tekrarlamanıza gerek yok. Yalnızca görüşüp görüşmediğinizi öğrenmek istemiştim. Babanız, şu anda yaşadığınız eve gidip geliyor mu?"

"Hayır. Onun başka bir evi var artık. Ama arada görüşüyoruz. Dışarılarda bir yerlerde... Kardeşimi götürüyorum ona. Görüşsünler diye... Kardeşim için..."

"Anlaşıldı" dedi doktor. "Sorunların kökeninde yatan nedenleri az çok saptadık. Babanızın annenizden boşanıp evden ayrılması, sizde büyük bir travma yaratmış. Yedi şiddetinde bir deprem gibi. Şu anda artçı sarsıntıları yaşıyorsunuz.

Şikâyetlerinizi baskılayıp sizi rahatlatacak birkaç ilaç yazacağım. Ama işin psikolojik yönü daha önemli. Öncelikle babanızla kopardığınız bağlantınızı yeniden pekiştirmeniz gerekiyor. Yalnız kardeşiniz için değil, kendiniz için de buluşmalısınız onunla. Baş başa kalmalısınız hatta. Mutlaka denemelisiniz bunu.

Bu arada, annenizle olan iletişiminizde de sorunlar olduğunu görüyorum. Hoşgörüyle yaklaşmaya çalışın ona. Bu, size de iyi gelecektir."

Vereceği reçeteye gelmişti sıra. Sabah kalkar kalkmaz, öğlen, akşam, gece yatarken almam gereken bir sürü ilaç...

"Bunları muntazaman kullanacaksınız" dedi doktor. "İki hafta sonra tekrar görüşelim. Ancak gerektiğinde, iki haftayı beklemeden de buraya gelebilir ya da beni arayabilirsiniz."

Eczaneden aldığımız bir torba ilaçla eve döndük. Bedenimi mi, örselenmiş ruhumu mu doğrultacaktı bunca ilaç, deneyip görecektik.

Çok ağır geliyordu ilaçlar. Aldıktan on dakika sonra elim kolum iki yanıma düşüyor, gün ortasında gözlerim açık uyukluyordum. Ağlamıyordum artık, patırtılı tepkiler vermiyordum; ama bana yabancı, duygusuz, tepkisiz, robot gibi bir yaratık olup çıkmıştım. Evde, okulda, sokakta uyurgezer gibi dolanıyordum.

Bu böyle olmayacaktı!

Önce ilaçların dozunu yarıya düşürdüm. Önemli derslerin ve sınavların olduğu günlerde ise, kafamı toparlayabilmek ve sağlıklı düşünebilmek için, hiç almıyordum o ilaçlardan.

Bir de, annemle kavga ettiğimiz zamanlarda! Elimi bile sürmüyordum ilaçlara. Ona tepki olsun diye, o farkında olmasa da.

Annemle aramız düzeleceğine, gitgide bozuluyordu.

Kızdı mı, "Delisin!" diyordu bana. "Kibarlığından söylemedi doktor. Kişilik bölünmesiymiş, şizofreniymiş... İşin cilası bunlar. Delisin sen kızım, de-li!"

Deli olmadığımı, o ilaçlar olmadan da yaşayabileceğimi kanıtlamak için, içmiyordum artık ilaçlarımı...

* * *

O sabah okula gitmedim. Daha doğrusu gidemedim. Hiç iyi hissetmiyordum kendimi. Günlerdir tek ilaç atmamıştım ağzıma. Kontrol için doktora falan da gitmemiştim.

"Ne o?" dedi annem. "Okulu asmışsın bugün."

Kavga edecek gücüm yoktu.

"Öyle oldu" dedim. "Gece iyi uyuyamadım. İlaçlarımı alıp dinlenmek istiyorum."

"Külahıma anlat sen onu!" diyerek üstüme yürüdü. "Haytalığı ele aldım demiyorsun da! Hanımefendimiz bu gidişle okulu bitirecek de, diploma alacak da... Ölme eşeğim ölme!"

Tepkisiz duruşum daha da çıldırtmıştı onu. Haykıra haykıra, ağzına ne gelirse üstüme savuruyordu.

"Ne zaman elin ekmek tutacak senin? Daha ne kadar asalak gibi yaşayacaksın sırtımda?"

Ellerimle kulaklarımı kapatıp duymamaya çalışıyordum söylediklerini. Ama öyle bağırıyordu ki, yalnız ben değil, büyük bir ihtimalle komşular bile duyuyordu sesini.

"Dayanamıyorum artık!" diyordu. "Çekip gideceğim buralardan. Kararımı verdim, yarından tezi yok, memlekete gidip kafa dinleyeceğim biraz."

Ben de, işte buna dayanamazdım!

Babamdan sonra bir de annem tarafından terk edilecek olmanın korkusu sarmıştı yüreğimi. Engellemeliydim onu...

Ama nasıl?

Ellerini havaya kaldırmış, çığlık çığlığa bağırınıyordu annem:

"Ey yüce Allahım! O adam arkasına bile bakmadan

çekti gitti, beni bu deliyle baş başa bıraktı. Yetti artık! Canımı al, kurtulayım Rabbim!"

Kötüydüm, çok kötüydüm. Beynim genleşmiş, kafatasımı çatlatacak boyutlara ulaşmıştı sanki.

Duvarda asılı duran av tüfeğini kaptığım gibi, karşısına dikildim annemin.

"Canımı al diye Rabbine dua ediyorsun ha!" diye bağırdım. "Çok istiyorsan söyle, ben alırım canını!"

"Hiçbir halt gelmez senin elinden!" diye güldü. "Delisin sen! Zırdeli..."

Son sözleri oldu bu.

Patlayan tüfeğin sesiyle ayıldım. Sırtüstü yerde yatıyordu annem. Göbeğinin üstündeki kırmızı leke gitgide yayılmaktaydı.

Ölmüştü!

Kim öldürmüştü annemi?

Kim kıymıştı ona?

Bilemiyordum.

Tetiği çekip, annemi Rabbine kavuşturanın kim olduğunu çıkaramıyordum bir türlü...

* * *

Annem için özel bir yer hazırlamalıydım.

Sıra dışı, muhteşem bir mezar!

Apartmanın arka sokağındaki nalbura gidip iki torba çimento aldım. Kapının önünde el arabası duruyordu.

"Kullanabilir miyim bunu?" diye izin istedim.

Tonton bir adamdı dükkân sahibi.

"Tamam" dedi. Verdi arabayı.

"Yardım istersen, bizim çırağı vereyim yanına" dedi üstelik.

"Gerek yok" diye güldüm. "Bizim kapıcıya taşıtırım ben."

El arabasıyla apartmanın kapısına kadar taşıdım çimento torbalarını. Sonra da birer birer yukarıya çıkardım.

Öncelikle yerdeki halıyı kaldırdım. Koltukaltlarından tutup sürükleyerek, odanın ortasına boylu boyunca uzattım annemi.

Hazırlayacağım, bildiğimiz topraklı, normal bir mezar olmayacaktı. Beton zemini kazacak değildim ya! Altı önemli değildi, üstünü süslemem yeterdi.

Plastik kovanın içine boşalttığım çimentonun üstüne su ekledim. İnşaat işçilerinin yaptığı gibi, kürekle iyice kardım.

Annemin üzerini hazırladığım çimentoyla kapladım, yanlarını güzelce düzelttim. Harika bir mezar olmuştu.

Salondaki vazonun içindeki yapma çiçekleri alıp getirdim, mezarın üzerine serpiştirdim.

"Merak etme" dedim anneme. "Tazelerini de getireceğim sana..."

Kapıyı kilitleyip çıktım.

Akşamüstü okuldan dönen Melis'i neşeyle karşıladım.

İlk işi, "Annem nerede?" diye sormak oldu.

"Memlekete gitti" dedim. "Anneannemizin yanına."

"Neden odasının kapısı kapalı? Hatta kilitli..."

"Annem öyle istedi" dedim. "O memleketteyken odasına girmemizi yasakladı."

İnandı.

Kararlıydım, ilaçlarımı muntazaman kullanacaktım artık.

Kullanmam gerekiyordu!

Çünkü bundan sonrasında kardeşime ben bakmak zorundaydım...

* * *

Bir hafta geçmişti aradan. Her şey yolundaydı.

Yeniden okula gitmeye başlamıştım.

Melis'le aramız ise eskisinden de iyiydi. Çok iyi bakıyordum kardeşime. Hem ablasıydım onun, hem de anası, babası... Bizi bırakıp gidenleri, terk edenleri aratmıyordum ona.

O sabah kahvaltı yapıp Melis'le beraber evden çıktık. Önce onu okula bıraktım, sonra da kendi okuluma gittim.

Birkaç saat sonra, ekip arabasıyla gelen polisler, okuldan alıp eve getirdiler beni. Ve hemen sorguya aldılar.

Biz evden çıktıktan sonra yoğun bir koku sarmış apartmanı. Karakola haber vermiş komşular. Öyle dayanılmaz bir kokuymuş ki, binadaki herkes dışarı çıkmak zorunda kalmış.

Biz evden çıkarken koku falan yoktu. Olsaydı, Melis'le beraber mutfakta kahvaltı yapabilir miydik?

Meğer odanın ortasındaki beton mezar çatlamış. Elimden geldiğince sağlam yapmıştım oysa ben! Ama ceset bozulmaya başlayınca açığa çıkan gazlar cesedin şişmesine ve betonun çatlamasına neden olmuş. Ve o ağır koku bütün apartmana yayılmış.

Kapıyı kırıp içeri girmişler. Annem için özenle hazırladığım beton mezar da ortaya çıkmış maalesef...

* * *

Sorgulanmam uzun sürdü. Annemin tüfekle vurulup öldüğünü hatırlıyordum. Ancak onu nasıl vurduğumu, hatta vuranın ben olup olmadığımı tam olarak hatırlayamıyordum.

İfademi alan komisere hatırladığım kadarıyla, olanı biteni en ince ayrıntısına kadar anlattım.

Son olarak, "Neden annene böyle özel bir yer hazırlama ihtiyacı duydun?" diye sordu komiser.

"Annem hep bizimle olsun, bizi bırakmasın istedim" diye yanıtladım. "Babam gitmişti. Hiç değilse annem yanımızda kalsın diye..."

Melis'i babama verdiler. Çok özleyeceğim onu.

Beni de tutukladılar. Geçici bir süre kalacağım tutukevinde. Şizofreni tedavisi için hastaneye yatmam gerekiyormuş.

Kendileri çok akıllıymış gibi, sırf onlardan farklı düşünüyorum, kafamdakileri farklı şekilde ifade ediyorum, hepsinden önemlisi farklı eylemlerle kafalarını karıştırıyorum diye, beni bir yerlere tıkmaya kalkışacaklar.

Gideceğim yerin, doğal bir sığınak olduğunu düşünüyorum.

İstediğin her şeyi, hiçbir kısıtlama olmadan konuşabilirsin orada. Kimse seni yadırgamaz.

Merak ediyorum, dışarıdakiler mi, yoksa içeridekiler mi daha deli?

Bence dışarıdakiler!

Baksanıza, içeridekilerin daha akıllı olduğunu vurgulamak için *akıl hastanesi* demişler gideceğim yere.

Sivri akıllıların mekânı anlamında!

Deliliğin keyfini sonuna kadar çıkaracağım, her sabah "Bugün de bayram!" diye uyanacağım günleri iple çekiyorum...

Beklenmeyen tahliye

Akşamüzeri atölyeden döndüğümde aldım müjdeyi: Bugünkü duruşmada hâkim, Gonca'ya tahliye kararı vermişti.

Hiç beklemiyordu Gonca.

Kocasının yüzünden düşmüştü buralara. Telefonda, uyuşturucuları teslim edeceği kişilerle Gonca'yı konuşturmuş, kendisi yakalanıp hapse girerken de karısını ihbar etmişti adam. Sırf o içerideyken, Gonca dışarılarda gezip tozmasın diye... Kıskançlığından!

Ama insafa gelmiş olmalı ki, son duruşmada "Karımın hiçbir suçu yok, ne yaptımsa ben yaptım" yolunda ifade verince, temize çıkmış Gonca da.

Onlar için mutlu sondu. Benim içinse hüzünlü bir ayrılığın başlangıcı.

Akşam yemeğini Gonca ve Mine'yle beraber benim odamda yedik.

Paylaşacağımız son geceydi bu... Çok özleyecektim onları. Özellikle de en karamsar anlarımda sıcacık çocuk gülüşüyle beni avutmayı başaran Minemi...

İçimden yükselen ve "Keşke hep burada kalsalardı" diye haykıran bencil sesi susturdum öncelikle.

Dışarıda her şey çok daha güzel olacaktı onlar için. En azından, çocukluğunu "çocuk" gibi yaşayacaktı Mine. Gonca da yepyeni bir sayfa açacaktı hayatına. Kuaför dükkânı açma niyetini gerçekleştirebilecekti belki.

Minik buzdolabımda ne var ne yok, döktüm ortaya. Meyve suyu ikram ettim onlara. Mine'nin, kantinden ısmarladığım çikolatayı iştahla yiyişini içim sızlayarak izledim.

Hayat veriyordu bu kız bana. Ne yapacaktım ben onsuz?

Birazdan karyolanın üzerinde uyuyup kaldı Mine. Battaniye örttüm üstüne. Yüreğimden taşan sevgiyle yanaklarından öptüm.

Baş başa kalmıştık Gonca'yla. Buruk bir sevincin ortak paydasında, veda konuşmalarımızı yapıyorduk.

"Yeter Abla..." dedi Gonca. "Bir şey diyeceğim sana ama... cesaret edemiyorum."

"Söyle, içinde kalmasın" diye güldüm. "Yarından sonra istesen de diyemezsin dilinin ucundakini."

"Biliyorsun ablacım, senin bendeki yerin çok farklıdır. Ana oldun bana, abla oldun, can oldun. Yalnız ben mi? Kızımın, Minemin de Yeter Anasıydın sen. Her şeyimi paylaştım seninle."

Durakladı, kararsızca baktı yüzüme.

"Ama sen hiçbir şeyini anlatmadın bana" diye devam etti. "Oysa ben senin kardeşin sayılırdım. Ne bana içini döktün, ne de diğerlerine. Ser verdin, sır vermedin. Çok az şey biliyor herkes senin hakkında. Ayrıntılar hep sende gizli kaldı.

Gidiyorum artık! Senden, neler yaşadığını, neden buralara düştüğünü anlatmanı istesem... haddimi aşmış olur muyum?"

Boynunu bükmüş, benden gelecek yanıtı bekliyordu. Kalbi gibi saf ve temiz yüzüyle, sevgi dolu bakışlarını bana ulaştıran o güzel gözleriyle...

Yarın bu zamanlar burada olmayacaktı Gonca. Ve ben, büyük bir ihtimalle, onun son isteğini yerine getirmemiş olmanın azabını çekecektim.

"Derin bir nefes al ve dinlemeye hazır ol o halde" dedim. "Anlatacağım, pek iç açıcı bir hikâye değil çünkü..."

Zincir

Kimseye borcum kalmadı benim.
Hayattan alacağım var!

Gümbür gümbür, yıkılırcasına çalınıyordu kapı.

“Geldim, geldim; patlamadın ya, bekle biraz...” diyerek koştum.

Ah Memoş, ah! Boyu zile yetişmediğinden, tekme yağmuruna tutardı kapıyı. Oysa kaç kez söylemiştim oğluma, “Burada nöbet tutmuyorum, azıcık beklemeyi öğren...” diye.

Kapıyı açmamla gözlerimin yerinden oynaması bir oldu. Gelen Memoş değil, kocamdı!

Bu saatlerde eve hiç uğramazdı ya, hayırlar olsundu.

Korkuyla iki adım geriye sektim. Ancak o zaman fark ettim; eli kolu doluydu Ali’nin. Onun için kapıyı böyle tekmelemişti demek.

“Ne dikiliyorsun orada bostan korkuluğu gibi? Alsana şunları elimden!” diye öfkeyle bağırdı.

Hemen atıldım, irili ufaklı torbaları yüklenip hızlı adımlarla mutfağa doğru yürüdüm. Ali de arkamdan...

“Akşama misafir var” dedi. “Bizim Nuri! İş konuşacağız... Şöyle güzel bir sofra donatırsın artık.”

Getirdiği torbaların birinden bir elma çıkardı. Eliyle ovalayıp parlattı, ısıra ısıra yemeye başladı.

Bir yandan da, ağzı dolu dolu, “Köfte yaparsın; pilav, cacık, biraz da piyaz...” diye emirler yağdırıyordu.

“Ha, kavun kesmeyi de unutma” diye ekledi mutfaktan çıkarken. "Saat yedi gibi evdeyiz. Geldiğimizde her şey hazır olacak! Yoksa bilirsin başına gelecekleri..."

Her zamanki umursamaz tavrıyla, kapıyı çarptığı gibi çekti gitti.

Nereden işe başlasam diye bir an kararsız kaldım.

Önce köfteyi yoğurmalıydım. Büyücek bir soğanı soydum, yıkadım, rendelemeye başladım. Gözlerimden fışkıran, soğanın mı, yoksa içimin acısından mı olduğunu bilemediğim yaşları elimin tersiyle sildim.

Kıymayı, maydanozu, yumurtayı; tuzu, karabiberi, kimyonu ardı ardına tepsideki soğanın üstüne ekledim. Yüreğimin tüm isyanını, tüm hırsını da harca katarak; hepsini harmanlayıp olanca gücümle, kendimden geçercesine yoğurdum, yoğurdum...

Tam köfteleri yuvarlıyordum ki, kapı çalındı.

Kim olabilirdi?

Vıcık vıcık yağlı ellerimi bir tarafa bulaştırmamaya çalışarak, tuttuğum kâğıt peçeteyle kapıyı açmaya koşarken, duvardaki saate ilişti gözüm.

Kızımın okuldan dönüş saatiydi! Hay Allah, nasıl da çarçabuk geçivermişti zaman. Dünya kadar işim vardı daha...

Yüzüne bile bakamadan, "Hoş geldin!" dedim Pakize'ye.

Ardından gerisingeriye mutfağa koştum.

Çantasını eşiğe bıraktı Pakize, ayakkabılarını çıkarıp terliklerini giydi.

"Yemek mi yapıyordun?" diye seslendi bana.

"Yemekten, çamaşırdan, temizlikten başka ne yaparım ki ben?" diye söylendim.

Kızıverdim kendime, yaptığım haksızlıktı! Ne suçu vardı çocuğumun?

Elini yüzünü yıkayıp yanıma gelen Pakize'ye, biraz önce söylediklerimi unutturmak istercesine yumuşacık bir sesle, "Bak güzel kızım" dedim, "şu dolabın içinde bisküvi olacaktı. Benim elim yağlı. Al, biraz atıştır. Akşama daha çok var."

Mutfaktaki olağanüstü hareketlilik dikkatinden kaçmamıştı Pakize'nin. Oraya buraya gelişigüzel atılmış yiyecek torbaları, daha önce hiç görmediği çoklukta sebzeler, meyveler...

Çocuksu bir merakla, biraz da alışılmadık bir şeyleri yakalamanın yabansı sevinciyle, "Neler pişiriyorsun böyle anne?" diye sordu.

Pimi çekilmeye hazır bir bomba gibi, bu soruyu bekliyordum sanki...

"Neler pişirmiyorum ki?" diye patlayıverdim çocuğun üzerine. "Yemeğe misafir getirecekmiş baban. Nuri'yi! Hani şu babanın kahve köşelerinde yârenlik ettiği kumar arkadaşı, ipsiz sapsız Nuri var ya... İşte o!

Güya beraber iş yapacaklarmış. Pöh, güleyim bari! Çıplak çıplağı nerede bulur, diye boşuna söylememişler..."

İpin ucunu kaçırmıştım gene. Çocuğa anlatılacak şeyler miydi bunlar? Hemen toparlandım.

"Neyse" dedim. "Sen bunları boş ver de, okulda neler yaptın, onu anlat."

Birden neşelenivermişti Pakizecik.

"Bugün matematik dersinde ne oldu, biliyor musun?" diye cıvıl cıvıl anlatmaya başladı. "Kimsenin çözemediği problemi ben çözdüm! Öğretmenim kokulu bir silgi armağan etti bana."

"Aferin benim akıllı kızıma!" dedim. "Ama başarını sürdürmek için daha çok çalışman gerek. Hadi, oyalanmayı bırak da, dersinin başına otur artık!"

Ödevlerini bir an önce bitirsindi de, akşama babasının gözüne diken olmasındı. Çocukların rahat rahat çalışacakları ya da oyun oynayacakları, ayrı bir odaları mı vardı?

Pakize çantasından defterini, kitabını, kalem kutusunu çıkarıp mutfak masasına yayıldı. Tam çalışmaya başlayacakken başını kaldırdı, uzun uzun, acır gibi baktı bana.

Bir şeyler söylemek istiyordu da, beni incitmekten korkuyordu sanki. Sonunda tüm gücünü topladı.

"Anne" dedi usulcacık, "senin adın neden Yeter?"

Elimin tersiyle, alnımda boncuklanmış teri sildim.

"Bu da nerden çıktı şimdi?" diye güldüm.

"Bugün öğretmenimiz, herkesin annesinin, babasının adını sordu da..."

Demek öğretmene de garip gelmişti "Yeter" adı. Ya da Pakize, "Semra, Duygu, Nuray" gibi iç açıcı adları duydukça, eksiklenmişti arkadaşlarının içinde.

"Neden olacak?" dedim umursamaz bir tavırla. "Ailenin altıncı kız çocuğuna, *Yeter*'den başka ne ad konulabilirdi ki? Sence beni, *Müjde* diye çağırmaları uygun düşer miydi?"

Buruk bir gülüşle ekledim:

"Seninki de Pakize! Oysa ben sana *Pınar* diye seslenmek istemiştim. Ama bunu babana söyleyemedim bile..."

"Söyleseydin, seni döver miydi?"

Derin bir "ah" çektim içimden. Şuncağız çocuk bile, nasıl da şartlanmıştı anasının dayak yemesine...

Ayıkladığım pirinci suya koydum. Piyaz için, bir tencere kuru fasulyeyle suyu ocağa oturttum.

"Sen böyle şeylerle kafanı yorup dert etme" dedim Pakize'ye. "Alıştım artık! Anama çekmişim ben... Ama o benden de garibandı, başı hep eğikti. Erkek evlat verememişti kocasına! Bir suçlu ezikliğiyle babamın tüm işkencelerine katlanırdı."

"Dedem de anneannemi döver miydi?"

"Hem de nasıl! Komşular annemi zor alırdı elinden. Babamı düşündüğümde, önce kocaman, acımasız, ağır elleri geliyor aklıma. Sonra da dayak! Bana, anama, bacılarıma... Neden olsun olmasın, vururdu ha vururdu. Hele içkili olduğu zamanlar! Pek ayık gezmezdi zaten, çok içerdi, zift gibi de içki kokardı."

"Babam gibi desene..."

Pakize'nin sözleri kırbaç gibi şakladı suratımda. Bacak kadar çocuğun el değmemiş dünyasını, kapkara nefret bulutlarıyla çepeçevre sarıp, allak bullak etmenin ne anlamı vardı?

Gitgide tatsızlaşan konuşmaya nokta koymak ister gibi, "Bu kadar laklak yeter!" dedim. "Sen dersine bak, ben de işime..."

"Dersim yok, harita boyuyorum."

"Aman sen de!" diye geçirdim içimden. Mızrak çuvalı delip çıkmıştı... Neyi saklamaya çalışıyordum ki? Çocuklar şiddet ve korkuyu, ister istemez benimle paylaşmıyorlar mıydı zaten? Aynı zehir yüklü havayı hep beraber solumuyor muyduk?

"Yani sen hep dayak yedin anne" dedi Pakize. "Peki, hiç karşı gelmedin mi? Babana... Babama..."

"Nasıl karşı gelecektim? İçinde bulunduğumdan öte

bir yaşam tanımıyordum ki. Kendimi bildim bileli tutsaktım. Aşağılanmaya, ezilmeye, dayağa tutsak..."

Bir adım geri çekildim.

Zayıf, çelimsiz bedenimi göstererek, "Baksana şu halime!" dedim. "Ellerime, kollarıma dolanmış zincirleri göremiyor musun? Halka halka, düğüm düğüm sıkıyorlar bedenimi; kıpırdayamıyorum... Allah kahretsin! Çaresizlik, boyun eğiş, tüm hücrelerime sinmiş bir kere... Boş çırpınışlar, benliğimi yaralamaktan başka işe yaramıyor."

İsyan dolu, alev alev yanan gözlerimi kaçırmak ister gibi arkamı döndüm. Raftan aldığım tavaya yağ koyup ocağı yaktım. Gitgide azalan zamana inat, ağır hareketlerle, dumanı tüten tavaya köfteleri atmaya başladım.

"Sonra ne oldu anne? Yani babandan sonra..."

Devam edip etmemekte kararsız, bir an için duraksadım. Köftelerin kızaran yüzlerini maşayla çevirdim.

"Ali var gerilerde bir yerde..." diye içimi çektim. "Baban! İlk kez iyi ve güzel bir şeyler düşündürmüştü bana; umut filizleri yeşertmişti içimde. Zincirlerimi biraz olsun gevşetebilirsem, bambaşka bir dünyaya uzanıverecektim sanki..."

Pakize, dinlediği masalın sonunu merak eden küçük bir çocuk gibi sabırsız, "Sonra?" dedi. "Sonra ne oldu?"

Kızaran köfteleri tabağa aldım.

"İtilmişliğin, ezilmişliğin acısı güç verdi bana. Biraz cesaret, biraz da inançla kaçıverdim babana. Bedenimdeki zincirlerle... Ama umuyordum, hepsini çözecekti Ali! Onunla yepyeni bir insan olacaktım..."

Haritadaki denizleri boyamıştı Pakize. Kara parçaları için kutudan çıkardığı sarı kalemin ucunu açmaya koyuldu.

"Peki, neden olmadı bu söylediklerin?"

"Olmadı işte! 'Ön teker nereye giderse, arka teker de oraya' derler ya, bizimki de o hesap. İnsanca yaşamak bana göre değildi anlayacağın."

Fasulye pişmişti, suyunu süzdüm. Piyazın soğanını doğrarken, uzaklara dalıp gittim...

"Ali, ah Ali!" diye söylendim. "O güne dek içimde yanan ilk ve tek ışıktı. Gecenin karanlığında, önüne diz çökülesi, kul köle olunası, erişilmez bir parıltıydı benim için... Nereden bilecektim; cılız, söndü sönecek bir köz artığının çevresinde pervane olduğumu? Öylesine toy, öylesine deli sevdalıydım ki..."

"Ne yaptı babam sana?"

"Ne yapacak? Daha ilk günden, 'Evinden kaçan kızın nikâh neyine?' diyerek, kapkara bir utanç peçesi taktı, o saf, o masum sevdamın yüzüne... Ardından da, 'İmam nikâhı sana fazla bile!' diye kestirip atıverdi.

Bu sözleri duyacağıma, yer yarılsaydı da içine girebilseydim keşke! O an, beni sarıp sarmalayan zincirlerin varlığını, tüm bunaltıcılığıyla, yeniden duydum bedenimde."

Kapı bir kez daha tekmelerle sarsıldı. Memoş olmalıydı. Pakize koştu, kapıyı açtı. Kardeşini kucakladı; kıpkırmızı, terli yanaklarından öptü.

Memoş ayakkabılarını çıkarıp yalınayak, ocağın başına kadar geldi.

"Anne, ben çok acıktım!"

Oğlumun kir içindeki şirin suratına sevgiyle baktım. Sesimi sertleştirmeye çalışarak, "Önce elini yüzünü yıka, sonra yanıma gel" dedim. "Hadi bakalım, doğru banyoya!"

Memoş, gözü kızarmış köftelerde, istemeye istemeye çıktı mutfaktan.

Pakize, konuşmanın en can alıcı yerinde kesilmesinin sıkıntısıyla, "Ne olur anlat anne, devam et!" diye sızlandı.

Ana kız ilk kez böyle dertleşiyorduk. Yaşının çok üzerinde bir olgunlukla beni dinlemeye hazırlanan kızıma içim burkularak baktım. Keşke ona anlatacağım daha güzel bir şeylerim olabilseydi... "Benim zavallı, küçük dert ortağım" diye geçirdim içimden.

"Sonra sen doğdun, ardından da Memoş... Ancak Ali, benim eski Alim değildi artık. Babam yeniden benimle birlikteydi sanki. Hem de eskisinden daha acımasız, öç alırcasına kinli... Yine içki vardı, hem de her gece! Sabahlara kadar süren alkol kokulu sofralar; sürekli aşağılanma, sürekli dayak...

Elleri büyümüştü Ali'nin! Babamınkiler gibi kapkara, kocaman olmuşlardı."

Tencerede kızdırdığım yağa pirinçleri attım, kavurmaya başladım.

Pakize alacağı yanıttan pek umutlu değildi, ama gene de sordu:

"Peki bundan sonra ne olacak anne?"

Umursamaz bir tavırla omuz silktim.

"Şimdiye kadar ne olduysa o... Geriye dönüp sığınabileceğim bir baba evim mi var? Hiçbir zaman da olmadı ya zaten..."

Kavrulan pirinçlerin üzerine sıcak suyu boca ettim, ocağın altını kıstım.

"Görüyorsun" dedim. "Her geçen gün gitgide kalınlaşıyor zincirlerim. Hiç kıpırdayamıyorum artık! Yosun gibi, ot gibi, güçsüz bir nefes ve sürüklenircesine ortalıkta dolanan kavrulmuş bir beden... Bunun adı yaşamaksa!"

Köfteleri kızarttığım tavayı yıkarken, minik dert ortağıma biraz fazla yüklendiğimi düşünüyordum.

"Boş ver" dedim zoraki bir gülüşle. "Böyle bile olsa, yaşamak güzel! Siz varsınız ya; sen ve Memoş, tüm dünyamsınız benim... Her şeye katlanmaya razıyım ben, yeter ki siz kendinizi kurtarın."

Memoş, yarım yamalak kuruladığı yüzüyle koştu geldi, boynuma sarılıp ıslak ıslak öptü yanaklarımdan.

"İşte bak" dedim Pakize'ye. "Kokunuzu almak bile yetiyor bana."

Kızarttığım köftelerden bir tabağa koydum. Birkaç dilim ekmek kestim.

"Hadi gelin, karnınızı doyurun" dedim.

Kocamla, çocuklarımla aynı masada oturup mutlu bir aile tablosunu paylaşmak, hayal bile edemeyeceğim bir lükstü benim için...

* * *

Ali elinde bir torba, içinde iki büyük şişe rakı; yanında Nuri'yle içeri girdi. Külhanbeyi pozlarında omzuna attığı ceketi sıyırıp koltuğun üstüne fırlattı.

Memoş çoktan uyumuştu. Pakize köşedeki minderin üzerinde, elindeki kitapla oyalanmaya çalışıyordu.

Masaya şöyle bir göz attı Ali. Evet, her şey istediği gibiydi. İki kişilik, tam bir çilingir sofrası...

"Bir tabak daha koy masaya!" dedi en buyurgan ses tonuyla. "Sen de bizimle beraber oturacaksın!"

Hayretle baktım yüzüne. Bir şeyler söyleyecek oldum, vazgeçtim. Usulca mutfağa süzüldüm, tabağımı çatalımı getirip masanın ucuna koydum.

Ne gerek vardı şimdi buna? Kızımın yanına büzülüp otursam, bir şey istediklerinde koşup getirsem olmaz mıydı?

Olmazdı! "Şeytan azapta gerek"ti...

Nuri hem görünüş, hem de huy olarak, öylesine benziyordu ki Ali'ye...

Gözlerindeki aşağılayıcı ifadeyi görmemek için aptal olmak gerekti.

Bir de... Bir de, garip garip süzüyordu beni.

Aman Allahım, deli miydi bu adam? Ya Ali fark etseydi...

Kadehler birbirine eklendikçe, şekil değiştiren iki saldırgan erkek vardı karşımda. Al birini, vur ötekine... İkisini toplasalar, bir adam etmezdi. Cacığa bulanmış bıyıkları ve alkolün etkisiyle kan çanağına dönmüş gözleriyle, bir elmanın iki yarısı gibiydiler.

Ali, astığı astık, kestiği kestik bir diktatör edasıyla masaya kurulmuş, bakışları benim üzerimde, bitmek tükenmek bilmeyen bir hiddetle bağırıp çağırıyor, ağza alınmayacak küfürler yağdırıyordu.

"Bizim bildiğimiz, avrat dediğin, kocasına eşlik eder. Bir yudum iç be kâfir karı! Yok arkadaşım, bu kadın adam olmaz! İliğimi, kemiğimi çürüttü benim..."

Yabancı birinin yanında efelenmenin sınırlarını zorlarken, benim suskunluğumu bozmamam iyice zıvanadan çıkmasına yol açıyordu.

Nuri ise ayrı bir âlemdi. Ağırlaşmış gözkapaklarının arasından bana baygın bakışlar fırlatıyor, kocamın gözü önünde yılıştıkça yılışıyordu.

Daha fazla dayanamadım. Kalktım, boşalan buzluğa buz koyma bahanesiyle, doğruca mutfağa attım kendimi.

Musluğu açtım, bileklerimi suyun altına tuttum. Islak ellerimle yüzümü sıvazladım. Biraz olsun ferahlamıştım.

Tam geriye dönecektim ki, ensemde rakı kokan bir nefesin iç bunaltıcı sıcaklığını duydum. Korkuyla zıplayıverdim.

Ali'ydi.

"Ne yaptığını sanıyorsun sen!" diye azarladı. "Ne biçim davranıyorsun misafire!"

Kolumu dirsekten geriye büküp, mutfak tezgâhına yapıştırdı beni.

"Ya adam gibi hizmet edersin, ya da ayağımın altına alır, sinek gibi ezerim seni, bilmiş ol!" diye tehditler savurdu.

"Ama Ali..." diyecek oldum.

"Ne var yani, biraz esnek olsan?" dedi. "Adam gelmiş, iki tek atıp neşesini bulacak... Hadi, düş önüme!"

Ali önde, ben arkada, tekrardan içeriye geçtik.

Teybe bir kaset koydu Ali. Beyazlarına kan oturmuş gözlerini bana dikti, "hadi" gibisinden başını salladı. Açıktan açığa neşelenmemi, elin adamına cilve yapmamı istiyordu.

Kesin, deli olmuştu bu adam! En iyisi anlamazdan gelmekti.

Benim söz dinlemez ve umursamaz halim, daha beter

çileden çıkarmıştı Ali'yi. Dövse de, sövse de dinecek gibi değildi öfkesi. Zaten dayağa şerbetliydim ya...

Beni dize getirecek farklı bir ceza biçimi arayışındaydı. Ve en zayıf noktamdan vurdu beni!

Hırsla yerinden fırladı. Büzüşüp oturduğu köşede, korkulu gözlerle olanları izleyen Pakize'yi kolundan tuttuğu gibi, sürükleye sürükleye masaya getirdi.

Bedeni, beyni, fikirleri gibi iyiden iyiye peltekleşmiş dilini ağzının içinde güçlükle döndürerek, "Otur!" dedi. "Benden sana baba nasihati: Sen, sen ol; anan olacak bu kadına benzeme! Erkek dediğin cilveli kadın ister! Böyle robot gibi, tepkisiz; bağırsan duymaz, vursan aldırmaz, paspas gibi karıyı kim ne yapsın?

Bu kadın rakı içmeyi beceremez! Bırak içmeyi, bardağa koymayı bile bilmez. Sen bileceksin! Şimdiden kocana avrat olmayı öğren kızım... Aman ha, elin adamının da başını yakmayalım!"

Rakı şişesini işaret ederek devam etti:

"Haydi, tazele bakalım içkilerimizi!"

Tir tir titriyordu Pakize. Umarsız, ürkek, yardım dilenircesine baktı yüzüme.

Sonra küçücük elleriyle rakı şişesine yapıştı, şişenin ağzını bardağın kenarına dayadı. Tüm bedeni, sıtma tutmuş gibi, sarsıntılar içindeydi.

Titremesi elinden şişeye, oradan da bardağa geçti. Birden, bir şangırtı koptu. Şişe bir yana, bardak bir yana devrilivermişti.

Ali'nin, alkolün etkisiyle zaten kıpkırmızı olan suratı, damarlarındaki tüm kanı toplamışçasına, büsbütün koyulaştı; bir anda kocaman bir kan pıhtısına dönüşüverdi sanki.

"Anasının kızı, ne olacak!" diye bağırdı hışımla.

Çıldırmış gibiydi. Delice bir güçle masayı devirdi.

Ve Pakize'nin üzerine çullanıverdi. Tekme, tokat, yumruk; ardı arkası gelmemecesine...

İstemsiz bir hareketle ellerimi havaya kaldırdım. Başımı tuttum, parmaklarımın tüm gücüyle sıktım, sıktım...

Ne olurdu, çevremde fırıl fırıl dönen dünyanın hızını, biraz olsun hafifletebilseydim...

O an, kızımın yerinde ben vardım!

Ali babam olmuştu. İçkiliydi gene, saldırgandı. İnsan görünümünde bir canavar gibi, vuruyor ha vuruyordu. Durmadan, dinlenmeden, öldüresiye...

Birden, gözümün önündeki her şey siliniverdi.

Hissettiğim tek şey, bedenimi eskisinden de sıkı, sımsıkı sarıp sarmalayan zincirlerimdi. Ayağımın ucundan dolana dolana yukarılara kadar çıkıp boğazıma düğüm atan, o acımasız zincirler...

Nefes alamıyordum artık... Boğuluyordum!

Son bir gayretle boğazıma gitti elim. Bir nefes, bir nefes...

Ah, bir nefesçik alabilseydim!

Bu kez, ekmek bıçağını kavradı parmaklarım.

Can havliyle zincirlere vurmaya başladım.

Bir halka, bir halka daha... Bir halka, bir halka daha...

Tek tek kopardım zincirlerimin halkalarını. Parçaladım, lime lime ettim.

Derin bir "oh" çektim. Sonunda nefes alabiliyordum.

Başımı kaldırdığımda, önce korku dolu gözlerle, donup kalmış bir halde sessiz sessiz ağlayan kızımı gördüm. Sonra da, oturduğu sandalyeyi kendine siper etmeye çalışan, şaşkın Nuri'yi...

Yerler kan içindeydi.

Bense gülüyordum.

Özgürdüm, hafiflemiştim. Noktalamıştım tutsaklığımı.

Buzlar arasında, en umulmadık zamanda açıveren bir karçiçeği gibi hissediyordum kendimi...

* * *

Tutukevine getirdikleri gün, ilk işim kızıma mektup döşenmek oldu:

> ... İdam cezası kalkmamış olsa, "İdamlık Yeter" diyeceklerdi belki bana. Öyle demeseler de, bana o gözle baktıklarının farkındayım.
>
> Aldırma! Annen mapus damlarında diye de sakın üzülme.
>
> Bu benim için tutsaklık değil ki! Hiç olmadığım kadar özgürüm ben...
>
> Devamlı gülüyorum.
>
> Aslında, pek gülmek de denmez buna. Tüm yaşamım boyunca biriktirdiğim, fırsat bulup da harcayamadığım gülüşlerimi açığa çıkarıyorum yalnızca...
>
> Biliyor musun, bu halime bakıp adli tıpta tetkikimi istediler.
>
> Canları cehenneme! Umurumda bile değiller...
>
> Sen, benim küçük dert ortağım!
>
> Deli olmadığımı, yaptığım eylemle yalnızca zincirlerimi kırdığımı bir tek sen biliyorsun.
>
> Öyle değil mi bitanem?

Teşekkür

Romanımın hem inceleme ve araştırma döneminde, hem de yazım süreci içinde destek ve yardımlarını benden esirgemeyen değerli dostlarıma ve yakınlarıma minnet borçluyum.

Bileklerinde *kelepçe*'nin soğukluğunu hisseden kader mahkûmlarıyla yüz yüze gelmeden, onların yaşadığı ortamın havasını solumadan yazamazdım bu kitabı.

Benim, tutuklu ve hükümlü kadınlarımızla bir araya gelmemi sağlayan;

İzmir Cumhuriyet Başsavcısı Mustafa Doğru'ya,

İzmir Cumhuriyet Başsavcı Vekili Fatih Mehmet Öztürk'e,

İzmir Ceza İnfaz Kurumlarından Sorumlu Cumhuriyet Savcısı Güneş Okur'a,

İzmir Aliağa Kadın Kapalı Ceza İnfaz Kurumu Müdürü Hüseyin Kara'ya,

Kurum öğretmeni Afet Haznedaroğlu'na,

Orada bulunduğum süre içinde ayağımı yerden kesen tüm kurum çalışanlarına,

Verdiği değerli bilgilerle, paylaştığı ilginç anılarla yoluma ışık tutan Emekli Emniyet Müdürü ve Suç Araştırmaları Uzmanı Mesut Demirbilek'e,

Hukuk danışmanım ve avukatım Abdullah Egeli'ye,

Ve yazma serüvenimin tüm aşamalarında destekleri-ni arkamda hissettiğim Doğan Kitap ailesine teşekkür ediyorum.

DK'da yayımlanmış kitapları

İster Mor, İster Mavi

Canan Tan, Aziz Nesin ekolünün, sayıları günümüzde gitgide azalan temsilcilerinden.
Öyküleri, geleneksel mizahımızdan izler taşıyor. Ancak konuları güncel...
Espriler düzeyli.
Gıdıklamadan, düşündürerek güldürmeyi hedefliyor.
Öykülerin hepsi yaşamın içinden.

Çikolata Kaplı Hüzünler

"Kararını değiştirdi KADIN, bu gece pantolon giymeyecek.
Omuzlarını açıkta bırakan, üst bedenini sımsıkı sararken belden aşağıya özgürce dökülen, açık yeşil şifon elbisesini giyecek.
Ayağında yüksek ökçeli terlikler, abartısız bir makyaj, birkaç fırça darbesiyle taranmış doğal saçlar..."

Piraye

Diyarbakır...
Dar bir eşikten geçip geldim sana. Huzurundayım.
Hoşgörü kapını açık tut.
Bil ki direnmem sana değildi. Altın tepside sunulan acı şerbetti beni ürküten.

Türkiye Benimle Gurur Duyuyor!

Canan Tan, kadının espri yeteneğinin tartışıldığı ülkemizde, yine bir mizah öyküsü kitabıyla karşımızda...
Üstelik bu kez, tüm öykü kahramanları kadın!
"Ah Bir Erkek Olsam!" diye iç çekenler...
"Kocam Bir Dolandırıcı!" diye haykıranlar...
Öbür dünyaya göç etmiş kaynanasına mektup yazanlar...
Neler yok ki!

Söylenmemiş Şarkılar

Kördü kadın, göremedi.
Beriki dilsiz! Dillendiremedi yüreğindeki talanı...
İkisi... El ele... Göremediklerini, dillendiremediklerini sonsuza dek suskunluğa mahkûm ettiler.

Geriye yalnızca, SÖYLENMEMİŞ ŞARKILAR'ı kaldı...

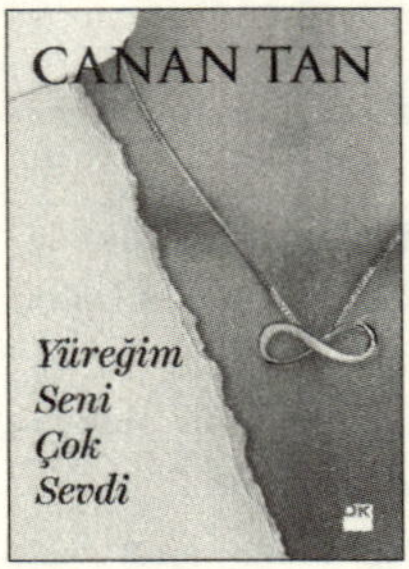

Yüreğim Seni Çok Sevdi

Aslı ile Murat'ın İstanbul-Bursa-Amerika üçgeninde yaşadıkları destansı aşkın öyküsü.
Herkesin kendinden bir şeyler bulabileceği kadar gerçek...

En Son Yürekler Ölür

Canan Tan bu kez, *aşk*'ın yanı sıra, ağırlıklı olarak *organ nakli* konusuna dokunduruyor kalemini.
Yaşamla ölümün kıyasıya savaştığı yol ayrımında geçen çarpıcı bir öykü. Yanı başınızda yaşanıyormuşçasına gerçek...

Eroinle Dans

Eroin sözcüğü kimseyi ürkütmesin. Madde bağımlılığının 12 yaşına indiği ülkemizde, başımızı kuma gömmeden gerçekleri irdelemek zorundayız.
Eroinle Dans, uyuşturucu ve eroin konusunda Türkiye'de yazılmış ilk ve tek roman.

Aşkın Sanal Halleri

"Var mıydın gerçekten?
Gözlerimiz buluşmadan, ellerimiz birbirine değmeden, yalnızca yüreklerimizle, doludizgin bir aşkı seninle paylaştık mı biz?
Yoksa... acımasız bir aldatmaca mıydı yaşadıklarımız?
Kimdin sen?"

Issız Erkekler Korosu

Âdemoğlu Pansiyon'da bir fasıl gecesi...
Oradakilerin hepsi erkek!
Ezilen, horlanan, acı çeken, ağlayan, üşüyen, hatta dayak yiyen erkekler onlar.
Her birinin ayrı bir hikâyesi, o hikâyenin içine nakşolmuş ayrı bir şarkısı var.

İz

Ne oldu da ayrıldı ellerimiz baba?
Hiçbir zaman soramadım bunu sana. Sormak istediğimde fırsat olmadı, fırsat olduğunda cesaretim...

Yakın çevremizde benzerlerini görebileceğimiz gerçeklikte bir baba-kız öyküsü.

Hasret

Hasret, mübadele öncesinde başlayıp hasretle sonuçlanan derin bir aşkı ve ayrılığı anlatıyor.
HASRET mi, ÖLÜM mü deseler,
Ölümü seçerdi. Tereddütsüz...
Hiç gözünü kırpmadan.
Ama ona soran olmadı ki...

Pembe ve Yusuf

Ne benim sözüm geçer bu iklimde
Ne de senin
Böyle gelmiş böyle gider
Son söz TÖRE'nin!

Birbirlerine delicesine düşkün iki kardeşin,
Pembe ile Yusuf'un sızılı ve çarpıcı öyküsü.

Ah Benim Karım! Ah Benim Kocam!

Aziz Nesin (1996) ve Rıfat Ilgaz (1997) Gülmece Öykü Ödülleri sahibi olan Canan Tan'dan mizah öyküleri... Canan Tan, evli çiftlere dair çarpıcı tespitleriyle hem güldürüyor, hem de kadınlarla erkeklerin kendilerini sorgulamalarına neden oluyor.

Kelepçe

Yeter, Mimoza, Gonca, Beyza, Sultan, Zeyno, Merve...
Ve diğerleri...
Bir avuç kader mahkûmu kadın!
Her birinin ayrı bir hikâyesi var.
İç burkan, hüzünlü; ama bir o kadar da heyecan verici ve çarpıcı...